Freie Fahrt

ins

Unbekannte

Monika Genzow

2021

ZUR PERSON

Es ist jetzt beinahe dreißig Jahre her, dass Idas erstes Enkelkind geboren wurde. Sie war so voller Freude und Stolz, dass sie allen Kolleginnen und Kollegen, Freunden, Verwandten und Bekannten erfreut mitteilte, dass sie nun „Oma Ida" sei. Selbst völlig Unbekannten, die sie irgendwo kennenlernte, stellte sie sich als Oma Ida vor. Sie fühlte sich geschmeichelt, wenn die Leute sagten: *nein so jung und schon Oma* Offenbar sah man ihr die fünfzig noch nicht an. Ihrem Ehemann Oscar sah man sein Alter auch nicht an, aber er wies es weit von sich, „Opa" genannt zu werden. Er war und blieb Oscar.

Mittlerweile hat sich die Zahl der Enkelkinder

beträchtlich erhöht. Die Euphorie des Anfangs hat sich gelegt, wenngleich die Freude über jedes weitere Enkelkind durchaus geblieben war. Geblieben war auch die Anrede „Oma Ida", die nunmehr volle Berechtigung hatte. Seit zwanzig Jahren befand sie sich im Ruhestand. Von Ruhe konnte allerdings keine Rede sein. Sie hatte einen vollen Termin- kalender. Reisen, Gymnastik, Tanzen, Kartenrunde mit Freunden, Treffen mit Ehemaligen, Theater- und Konzertbesuche und ein großer Garten hielten sie auf Trab. *Ruhen kann ich, wenn ich tot bin*, sagte sie jedem, der meinte, sie solle doch etwas kürzer treten. Solange sie einigermaßen gesund und der Kopf noch intakt war, wollte sie sich bewegen und etwas erleben. Sie war allem Neuen gegenüber aufgeschlossen. Es fiel ihr nicht leicht, sich mit der rasant entwickelnden neuen

Technik anzufreunden, aber es reizte sie, sie auszuprobieren. Und sie wollte noch ein paar Dinge tun, die sie sich bisher verkniffen hatte. Ach, ja, das Leben war schön!

SAUER MACHT NICHT LUSTIG

Margarete und Oma Ida hatten sich seit Weihnachten nicht mehr gesehen. Eine fiebrige Erkältung hatte Oma Ida ans Bett gefesselt. Nun ging es ihr schon wieder besser und sie nahm die Einladung ihrer Freundin, zum Kaffeeklatsch zu ihr nach Rostock zu kommen, mit Freude an.

Im Winter vermied sie es nach Möglichkeit, mit dem eigenen Auto zu fahren. Aber eine Fahrt mit der Bahn lag auch schon geraume Zeit zurück.

Am Bahnhof ging sie zielstrebig auf die Schalterhalle zu. Aber was war das? Die Halle war zu und es sah auch nicht danach aus, als ob noch jemand käme. Ratlos sah sie sich um.

„Der Fahrkartenschalter ist schon lange geschlossen", klärte sie ein freundlicher Herr auf. „Die Bahn muss sparen. Da wird zuerst Personal abgebaut. Die Reisenden können ja sehen, wie sie zurechtkommen."

Das hatte ihr gerade noch gefehlt.

„Auf dem Bahnsteig steht ein Fahrkartenautomat. Dort können Sie Ihre Karte lösen."

Der gute Mann hatte ihr wohl ihre Ratlosigkeit angesehen. Sie begab sich auf den Bahnsteig und suchte den Automaten. Tatsächlich, gleich neben der Tür stand ein graues Ungetüm, das sich Fahrkartenautomat nannte. Aber wie funktionierte er nun? Aufmerksam studierte sie die Hinweise zu seiner Benutzung und fand nach

einigem Suchen das Auswahlfeld für Fahr-
karten. Was für eine brauchte sie denn?
Tageskarte, Wochenkarte, Monatskarte, Kurz-
fahrt, Einfache Fahrt, Hin-und Rückfahrt,
Erwachsener, Ermäßigt, Fahrrad. Wer konnte
ihr hier helfen? Sie blickte nach rechts. Sie
blickte nach links. Sie war die einzige
Reisende, die um diese Zeit den unge-
wöhnlichen Wunsch hatte, mit dem Zug zu
fahren. Schließlich entschied sie sich für eine
einfache Fahrt, ermäßigt. Schließlich war sie
schon seit geraumer Zeit im Rentenalter und
da war ermäßigt wohl angemessen. Der Automat konnte leider nicht sprechen, aber in
einem Sichtfeld erschien ein Betrag, den Oma
Ida unter Zuhilfenahme ihrer Brille als 4,50
Euro entzifferte. Sie entnahm ihrer Geldbörse
einen nicht mehr ganz neuen 5-Euro-Schein
und steckte ihn in den dafür vorgesehenen

Schlitz. Nach kaum einer Minute spuckte der Automat den Schein wieder aus. Warum? Wahrscheinlich hatte sie ihn falsch herum hineingesteckt. Sie entnahm den Schein und drehte ihn um. Es war das gleiche Spiel. Der Automat gab das Geld zurück. Na, zwei Möglichkeiten hatte sie noch, aber allmählich wurde die Zeit knapp. Bis zur fahrplanmäßigen Abfahrt des Zuges waren es nur noch zwei Minuten. Glücklicherweise musste sie nicht auch noch auf einen anderen Bahnsteig. Sie probierte die dritte Variante mit dem 5-Euro-Schein und siehe da, der Automat behielt den Schein. Aber wo war nun die Fahrkarte? Und das Wechselgeld? Sie griff in das dafür vorgesehene Fach, das mit einem Plexiglasdeckel versehen war, aber keine Spur von Fahrschein oder Wechselgeld. Hatte sie etwas falsch gemacht? Hatte sie vergessen, einen der roten oder grünen Knöpfe zu drücken? Sie hatte keine Zeit mehr für ein erneutes Durchlesen der Instruktionen. Der Zug war bereits eingefahren: Er hielt hier nur fünf Minuten. Sie rüttelte an dem Automaten, klopffte erst mit der Hand, dann mit der Faust gegen den blechernen Vertreter der Deutschen Bahn, aber er rückte und rührte sich nicht. Na, dann eben nicht. Sie steckte erbost die Geldbörse in ihre Handtasche und stieg in den Zug.

Immer noch leise vor sich hin schimpfend, betrat sie das Abteil und fand es menschenleer. So konnte sie nicht einmal jemanden fragen, ob so etwas schon öfter vorgekommen war. Sollte sie jetzt zum Fahrkartenkontrolleur oder besser Zugbegleiter gehen und ihm von ihrem Malheur berichten? Der noch nicht verebbte Zorn traf die ablehnende Entscheidung. Er würde schon von selbst kommen und dann konnte sie immer noch von ihrem Reinfall berichten.

Sie schaute in den Waggon hinter dem ihren. Der war auch fast leer. Nur zwei Personen saßen ziemlich weit hinten. Das Abteil vor dem ihren war auch nicht voller. Vom Zugbegleiter keine Spur. Suchen würde sie ihn nicht. Soviel stand fest. Allmählich beruhigte sie sich und konnte sogar innerlich ein bisschen schmunzeln über ihre erste Erfahrung mit einem Fahrkartenautomaten. Ihr Gewissen war auch ganz ruhig. Schließlich hatte sie ja mehr als das notwendige Fahrgeld entrichtet. Hatte der Bahn sozusagen noch etwas gespendet.

Bis zu ihrem Zielbahnhof ließ sich kein Kontrolleur mehr blicken. Das nahm sie ihm nicht übel. Frohgelaunt stieg sie in Rostock aus und nahm sich ein Taxi.

Margarete erwartete sie schon ungeduldig.

„Wolltest Du nicht schon vor einer halben Stunde hier sein? Der Kaffee ist schon lange fertig."

Oma Ida berichtete von ihrem Abenteuer mit dem Fahrkartenautomaten und entschuldigte sich für die Verspätung. Sie hatte einige Zeit auf das Taxi warten müssen.

Der Kaffee war noch warm und Margaretes Käsekuchen schmeckte ausgezeichnet.

Nachdem sie die wichtigsten Neuigkeiten ausgetauscht hatten, verwies Margarete auf ein Prospekt, das neben der Couch auf einem kleinen Beistelltisch lag.

Gesundheit erleben

Basenfastenkur in familiärer Atmosphäre

Zögernd griff Oma Ida nach dem Prospekt.

„Sag mal, Ida, hättest Du nicht Lust, mit mir zehn Tage zum Basenfasten zu fahren?"

Margarete war ganz aufgeregt.

„Basenfasten? Was heißt das?"

„Wissenschaftler meinen, dass unsere derzeitige Lebensweise zu einer Übersäuerung im Körper führt und dadurch allerlei Leiden begünstigt werden. Dem kann man entgegen wirken durch eine mehr basisch aufgebaute Nahrung."

„Ist mein Körper übersäuert? Soviel saures Zeug esse ich doch gar nicht. Und wenn ich auch manchmal sauer bin, muss das nicht unbedingt etwas mit dem Essen zu tun haben, eher mit dem Handeln bestimmter Personen in anderen Körpern."

Margarete deutete auf den Prospekt auf dem Tisch.

„Ja, das dachte ich auch. Aber die Übersäuerung kommt ja nicht durch das Essen von Sauerkohl, sauren Gurken oder Mixed

Pickles, sondern von übermäßigem Genuss von Fleisch, Zucker, Fett, Alkohol, zu wenig Bewegung, zu viel Stress und so."

„Na, zu wenig Bewegung habe ich bestimmt nicht und Stress habe ich nur, wenn ich mir selber welchen mache. Und so viel esse ich eigentlich gar nicht, aber wenn ich das bisschen auch noch weglassen soll, was bleibt da noch übrig?"

Margarete hatte sich schlau gemacht.

„Obst, Gemüse, Kräutertee, Gemüsesaft und Wasser, alles Nahrungsmittel, die eine basische Reaktion im Körper bewirken."

„Davon soll ich satt werden?"

Margarete ließt nicht locker.

„So steht es zumindest im Prospekt: Basenfasten ohne zu hungern".

Margarete war kein Mensch, der so leicht aufgab. Wenn sie sich etwas in den Kopf gesetzt hatte, konnte sie sehr überzeugend sein.

„Hört sich interessant an", meinte Oma Ida schließlich, „vielleicht sollten wir es wirklich mal versuchen. Aber was ist mit Oscar?"

„Vielleicht hat er ja Lust mitzukommen."

„Das glaube ich kaum. So ganz ohne Fleisch und vor allem ohne Bier! Nein, das geht bei Oscar gar nicht."

Sie kannten sich lange genug, um zu voneinander zu wissen, wie der jeweils Angetraute reagieren würde.

„Dann kann er ja zu Hause die Katze und die Blumen versorgen. Du kochst für ihn vor und frostest es ein. Dann wird er schon nicht verhungern."

„Und was macht Klaas inzwischen? Auch Blumen gießen?

„Wohl kaum. Aber ich habe schon mit ihm

gesprochen. Er will endlich die Dias aus früheren Urlauben digitalisieren. Da ist er froh, wenn er seine Ruhe hat."

Nach vielem Hin und Her entschieden sich Margarete und Oma Ida für zehn Tage Basenfasten im „Haus Sonnenschein" in Basenitz, einem kleinen Örtchen an der Mecklenburgischen Seenplatte.

Eine Woche vor Abreise teilte das Hotel ihnen mit, dass ihre Buchung die erste Belegung nach der Winterpause sei und leider die Bauarbeiten, die währenddessen durchgeführt worden waren, nicht termingemäß beendet werden konnten. Der Kurbetrieb sei davon jedoch nicht betroffen. Lediglich im Haupteingangsbereich und der Rezeption werde noch montiert, weshalb sie bitte den Nebeneingang nehmen sollten. Auch eine Kostenreduzierung wurde angeboten.

Die Anreise mit der Regionalbahn verlief komplikationslos. Sie und weitere vier Gäste wurden von einem freundlichen älteren Herrn in Empfang genommen. Zuvorkommend nahm er einer gehbehinderten Dame den Koffer ab und trug ihn in den bereitstehenden Transporter. Ida und Margarete rollten ihre Trolleys hinterher.

„Wir gehen zu Fuß", erklärte der Herr nachdem alle Koffer eingeladen waren.

„Es ist nicht weit bis zum Hotel. Nach der langen Fahrt tut Ihnen Bewegung sicher gut und Sie lernen auf diese Weise auch gleich unseren schönen Kurort kennen."

Das kleine Trüppchen formierte sich in Zweierreihe und folgte ihm in gemäßigtem Tempo, immer wieder von seinen Hinweisen und Erklärungen unterbrochen, hügelan zu einem ehemaligen Gutshaus in unmittelbarer Nähe des Haussees.

Schon von weitem hörten sie das Kreischen einer Handkreissäge und die schrillen Töne eines Steinbohrers. Sie wurden an einem von zwei verwitterten Säulen flankierten Eingangsportal vorbeigeleitet und durch eine Nebentür im linksseitig angrenzenden Seitengebäude ins Haus gebeten. Unerwartet fanden sie sich in einer Art Werkstatt wieder. Fleißige Handwerker waren dabei, vier Zentimeter dicke Paneele für eine Wandverkleidung zurechtzusägen und Dübel für die Unterlattung in die Wand zu treiben. Als sie die Neuankömmlinge sahen, stellten sie sofort die Arbeit ein, räumten einen Weg frei und bedeuteten ihnen, weiter ins Haus hinein zu gehen bis zu einem Vestibül. Große Fensterscheiben vom Boden bis zur Decke ließen einige Sonnenstrahlen auf eine kleine Sitzgruppe und einen Ständer mit Prospekten fallen. Die Koffer standen schon ordentlich in Reih´ und Glied. Der nette Herr war verschwunden. An seiner Stelle kam ihnen eine Dame im Jogginganzug entgegen und fragte, ob sie auch zum Neustart-Programm wollten. Sie zuckten mit den Schultern.

„Eigentlich wollen wir zum Basenfasten."

„Ach so, na die Juliane wird sicher gleich kommen."

Die Neulinge sahen sie fragend an.

„Juliane ist die Hausdame", glaubte sie erklären zu können und verschwand wieder in dem langen Gang.

Aha.

Die Handwerker machten sich erneut an ihre Arbeit. Keine Minute später erschien besagte Juliane, eine attraktive Frau mittleren Alters. Sie trug ein Kleid, das sehr an die Tracht der ersten Siedler in Amerika erinnerte, kleine rote Blüten auf rehbraunem Grund.

„Herzlich Willkommen, liebe Gäste. Unseren Direktor haben Sie ja bereits kennengelernt. Ich bin Juliane, die Hausdame und zuständig für all Ihre Wünsche außerhalb der ärztlichen Verordnungen," begrüßte sie die Wartenden mit einem freundlichen Lächeln.

Sie entschuldigte sich für den derzeit im Hause herrschenden Lärm, der aber um 19.00 Uhr beendet sein würde, übergab die Zimmerschlüssel, führte die Gäste bis zu einem Fahrstuhl und schickte sie zwei Etagen höher, wo jeder Kurteilnehmer ein komfortables Einzelzimmer beziehen durfte.

„Hast Du das gehört, Ida", wisperte Margarete, „der nette ältere Herr am Bahnhof war der Herr Direktor höchstpersönlich. Ich glaube, er ist auch der Arzt, der die Untersuchung vornimmt."

„Ja, das haben Sie richtig erkannt," mischte sich eine überaus schlanke jüngere Frau ein, die mit ihnen angereist war.

„Es ist hier alles sehr familiär. Das gefällt mir. Ich komme jedes Jahr zur Fastenkur hierher."

Sie bewohnte das Zimmer neben Margarete. Die war schon vorausgeeilt und in ihrem Zimmer verschwunden. Oma Ida öffnete die Tür zu ihrem Zimmer und erblickte als Erstes einen wuchtigen, mit einem geblümten Über-wurf versehenen Relaxsessel, der mit Blick auf den Haussee vor einem französischen Fenster stand. Überrascht trat sie näher und sah sich um. Es war ein ansonsten normal aus-gestattetes Hotelzimmer. Ein bisschen schmal, aber gemütlich. Ein Einbauschrank, ein Bett, ein kleiner Nachtschrank mit dazugehörigem Lämpchen, eine Schreibplatte, davor ein gepolsterter Hocker. Darüber ein Aquarell mit leuchtend roten Mohnblüten. Ein schlicht gerahmter Spiegel an der Längsseite gegenüber ließ den Raum optisch breiter erscheinen. Alles sauber und ordentlich. Das rosa bezogene Bettzeug, dessen mittig gefaltetes Kopfkissen ein kleines weiß bezogenes Körnerkissen zierte, wirkte im ersten Moment etwas irritierend, aber es passte in das Gesamtbild. Trotzdem schien es nicht ganz vollkommen. Und das war es auch nicht nach Oma Idas bisherigen Erfahrungen. Es gab keinen Fernsehapparat, kein Radio, keine Minibar und auch kein Telefon. Aber das machte ihr nichts aus. Sie hatte nicht vor, die freie Zeit im Zimmer zu verbringen und zum Telefonieren hatte sie gerade ein nagelneues Smartphone von ihrer Tochter geschenkt bekommen.

Von dem Lärm im Erdgeschoss war so gut wie nichts zu hören. *Das fühlt sich eher nach Wellness-Urlaub als nach Basenfasten an*, dachte Oma Ida. Ihre Begeisterung musste sie gleich mit Margarete teilen. Sie klopfte an die Tür des Nachbarzimmers. Als kein fröhliches „Herein" ertönte, öffnete sie vorsichtig die Tür. Was sie sah, entlockte ihr ein breites Grinsen. Margarete lag mit geschlossenen Augen, die Beine hoch, noch mit Hut und Mantel in dem zur Liegeposition heruntergefahrenen Relaxsessel.

„Hier stehe ich nicht wieder auf", ließ sie verlauten.

„Na gut, wenn Du meinst. Ich mache inzwischen mal einen Gang durchs Haus."

Margarete murmelte, sie wolle erst noch ihren Koffer auspacken.

„Dann beeil Dich. Es ist auch bald Zeit zum

Mittagessen. Ich bin schon sehr gespannt, was es gibt."

Nachdem auch Margarete ihre Sachen verstaut hatte, begaben sie sich auf einen Erkundungsgang durch das Haus. Auf ihrer Etage fanden sie neben zahlreichen weiteren geschlossenen Türen, hinter denen sich offensichtlich auch Gästezimmer befanden, ein behaglich eingerichteter Raum mit einem offenen Kamin. Vor dem Kamin standen ein Sofa und ein drehbarer Ohrensessel. Die andere Hälfte des Raumes diente offensichtlich als Spielzimmer für Kinder. Auf dem Teppichboden lagen verschiedene Teile eines Baukastens und etliche Spielgeräte aus Plastik. Bunte Bilderbücher und Schachteln verschiedener Gesellschaftsspiele waren in einem niedrigen Regal verteilt.

„Hier kann man es schon aushalten, meinst Du nicht?"

Margarete war beeindruckt.

Über eine breite Wendeltreppe begaben sie sich in das darunter liegende Geschoss und öffneten die erste Tür neben dem Treppenaufgang. Wie man an der Bestuhlung sehen konnte, führte sie in einen Vortragsraum und war auch für Gruppenzusammenkünfte geeignet. An den Türen der folgenden Zimmer hingen Kärtchen mit der Aufschrift: Fitness, Massageraum 1 und Massageraum 2, Aquatherapie und Osteopathie.

Am Ende des Ganges gelangten sie in einen lichtdurchfluteten Aufenthaltsraum. Die bequemen Korbsessel waren mit dicken Polsterauflagen bestückt. Es sah gemütlich aus.

„Sieh mal, es gibt sogar eine kleine Teeküche".

Oma Ida zählte mehr als 15 große, mit

Kräutern gefüllte Gläser, die sich auf einem Wandregal mit Teetassen verschiedener Grössen und Dekor reihten. „Beruhigungstee", „Gute-Laune-Tee", „Früchte-Tee", „Lindenblüten-Tee", „Malventee", „Verdauungstee", „Muntermacher-Tee", „Entspannungstee" und wer weiß noch, welche Sorten dort unter Angabe ihrer Zusammensetzung zur Selbstbedienung bereit standen. Nicht darunter – Schwarzer oder Grüner Tee.

„Alles Bio und überwiegend von unseren Mitarbeitern in der Umgebung selbst gepflückt und getrocknet," erklärte Juliane, die unauffällig zu ihnen getreten war.

„Da können wir ja täglich Tea-time machen", meinte Margarete lächelnd zu ihr.

„Das können Sie selbst entscheiden. Aber Sie bekommen jetzt von mir die erste Kanne Tee, die Sie im Laufe des Tages nach Möglichkeit auch austrinken sollten."

Sie holte zwei bereitstehende Zwei-Liter-Thermoskannen mit Tee und übergab sie den beiden.

„Du lieber Himmel! Da kann ich mich ja gar nicht aus dem Haus trauen bei so viel Flüssigkeit", stöhnte Oma Ida leise.

„Keine Sorge", tröstete sie Juliane, „im Haus und in der Stadt und auch in der näheren Umgebung gibt es ausreichend Örtlichkeiten, die dem dringenden Bedürfnis gewidmet sind. Sie sind stets geöffnet und in sauberem Zustand. Basenitz ist schließlich ein Kurort, der auf Basen-Gäste eingerichtet ist. Aber ich will Sie nicht aufhalten. Wir sehen uns später beim Abendessen."

Noch über das reichhaltige Teeangebot diskutierend, setzten Oma Ida und Margarete, jede mit einer schweren Teekanne beladen, ihren Erkundungsgang fort.

Der Zugang zum Hauptgebäudes war ihnen verwehrt, denn die dem Treppenhaus gegenüberliegende Wand wurde gerade mit den zurechtgesägten Paneelen aus heller Esche verkleidet.

Sie nahmen den Fahrstuhl ins Souterrain.

Durch eine Pendeltür gelangten sie in die Bäderabteilung. Hier fanden sie eine finnische Sauna, eine Infrarot-Sauna sowie einen Raum für Kneippanwendungen und - das Schönste im ganzen Haus - ein Schwimmbad mit Blick auf den Haussee, ausgestattet mit einigen Kippliegen, zwei beheizbaren Liegebänken und zwei Whirlpools.

„Ist doch gar nicht so übel oder, was meinst Du?"

Oma Ida war begeistert.

„Das Schwimmbad ist super. Man kann sogar

Bahnen schwimmen."

Ein Blick auf die Uhr zeigte, dass es höchste Zeit für das Mittagessen war. Das erste Mal nun basisch. Sie waren gespannt.

Den ansprechend gestalteten Speiseraum fanden sie im Erdgeschoss des Hauptgebäudes, gleich hinter der noch im Umbau befindlichen Rezeption. Sie schlängelten sich an den Handwerkern vorbei und mussten feststellen, dass er noch geschlossen war.

Wieso? Es war doch schon 12.30 Uhr. Sie waren doch zum Mittag angemeldet. Kein Mensch war zu sehen, den sie hätten fragen können.

„Es sieht fast so aus, als ob wir die einzigen Gäste wären, die Mittagessen wollen", sagte Margarete, wurde aber eines Besseren belehrt, denn just in dem Moment kam eine schlanke junge Frau in der gleichen Tracht wie die

Hausdame auf sie zu, verwies auf den Aushang mit den Essenszeiten und verschwand wieder.

Also – Frühstück von 8.00 bis 9.00 Uhr, Mittag von 13.00 bis 14.00 Uhr und Abendessen von 18.00 bis 19.00 Uhr. Das hieß noch eine halbe Stunde warten. Die Bauarbeiter hatten währenddessen ihr Handwerkszeug zusammengepackt und den Flur gefegt.

Zwei ältere Damen hatten es sich im Vestibül bequem gemacht. Wie sie sagten, gehörten sie zu einer Gruppe von 13 Personen, die am „Neustart-Programm" teilnahmen. Hier fanden sich Menschen zusammen, die alle an Schlafstörung litten und mit Hilfe dieses speziellen Programms wieder in einen normalen Schlafrhythmus finden sollten.

Für sie gab es einen streng geregelten Tagesablauf. Oma Ida und Margarete waren froh, dass sie „nur" zum Basenfasten angemeldet waren.

Inzwischen war es 13.00 Uhr. Die anderen Neuankömmlinge hatten sich währenddessen auch eingefunden und den Ausführungen interessiert zugehört. Die Tür zum Speiseraum wurde geöffnet. Ein zierliches junges Mädchen, das sie schon an ihrer Bekleidung als Mitarbeiterin erkannten, geleitete sie zu einem liebevoll eingedeckten Tisch am Ende des Speisesaales, der gut 100 Personen Platz bieten konnte.

„Ich heiße Erika und bin für Ihr leibliches Wohl zuständig. Sie dürfen sich am Salatbuffet bedienen so viel sie mögen, aber nur bei Rohkost. Nudeln, Tofu, Brot und alles, was Getreide enthält, ist für Sie tabu. Sollten Sie Fragen oder besondere Wünsche haben, finden Sie mich in der Küche. Gleich neben der Tür ist die Klingel."

Etwas verunsichert begaben sich die neuen Gäste an das Salatbuffet. Gestiftelte Gurken, Zucchini, geraspelte Möhren, Rote Bete und Sellerie, mundgerecht geschnittener Salat, Tomaten und Pilze boten eine reiche Auswahl. Allerdings alles ohne Salz und ohne Gewürze. Lediglich eine Flasche mit Distelöl und eine Flasche mit verdünntem Zitronensaft standen als Marinade zur Verfügung. In der Hoffnung, dass es noch ein warmes Gericht geben würde, belud Oma Ida nur einen kleinen Teller mit Möhren, Zucchini, Rote Bete und Pilzen und tröpfelte ein wenig Distelöl und ein paar Spritzer Zitronensaft darüber. Margarete nahm nur Salat.

Sie wurden nicht enttäuscht. Als Hauptgericht wurde ein hübsch angerichteter Teller mit gedünstetem Gemüse gereicht. Eine halbe

Paprika, eine halbe Zucchini, drei Möhren, ein paar Würfel Sellerie und zwei kleine Kartoffelstückchen, alles ohne Fett und ohne Salz in wenig Wasser gedünstet. Dazu gab es ein Kännchen frisch gebrühten Tee, Brennnessel oder Kräuter, je nach Wunsch. Den Abschluss bildete ein kleines Schälchen Apfelkompott.

„Es sieht alles sehr gut aus, schmeckt ungewohnt, vielleicht ein bisschen fade, aber durchaus gut", sagte Margarete versöhnlich.

„Ich bin sogar satt geworden", pflichtete ihr Oma Ida bei, „aber wie lange wird das vorhalten?"

Da ihnen der Mittagsschlaf nicht verwehrt war, ruhten sie ein Weilchen und beschlossen dann, einen Spaziergang in die Umgebung zu machen.

Gegen 16.00 Uhr, also zur gewohnten

Kaffeezeit, die in den Wintermonaten zumeist etwas üppiger ausfiel, was Kekse und Kuchen betraf, bekamen sie so ein flaues Gefühl im Magen. Noch zwei Stunden bis zum Abendbrot!

„Lass uns in die Teeküche gehen und sehen, ob wir da etwas Nahrhaftes finden."

„Hast Du denn Deine Kanne schon ausgetrunken?", fragte Oma Ida.

„Nein, aber der Tee ist jetzt nur noch lauwarm und schmeckt wie eingeschlafene Füße. Da brühe ich mir lieber einen frisch auf."

Margarete eilte davon. Oma Ida flugs hinterher.

In der Teeküche fanden sie einen Wasserkocher, Teepötte, besagte reiche Auswahl an Kräutertees, aber nichts zum Kauen. Aber, so erinnerte sich Oma Ida, in ihrem Zimmer stand auf dem kleinen Tischchen ein Schälchen mit

Studentenfutter.

"Brüh´ Du schon mal den Tee auf. Ich hole das Studentenfutter."

Sie machten es sich in den Korbsesseln bequem und verbrachten den Rest des Tages mit Lesen. Lektüre hatten sie zum Glück auf dem e-book, denn die ausliegenden Bücher entsprachen nicht ganz ihren Vorstellungen.

Dann war es endlich so weit. Abendbrotzeit! Voller Erwartung betraten sie den Speisesaal. Ein Salatbuffet war nicht aufgebaut. Besteck lag auch nicht auf dem Tisch. Was sollte das nun wieder?

„Fällt das Abendbrot für uns aus?"

Sie sahen sich ratlos an. In diesem Moment erschien eine nette Serviererin im Hauslook und stellte zwei Suppentassen vor sie auf den Tisch.

„Gemüsebrühe mit Einlage", sagte sie. „Was

möchten Sie trinken?" Oma Ida und Margarete guckten etwas verdattert.

Da traf es sich gut, dass Juliane an ihren Tisch trat.

„Ist das alles heute Abend?", fragte Oma Ida enttäuscht.

„Ja, Sie können aber noch einmal Nachschlag haben, wenn es Ihnen nicht reicht. Guten Appetit!"

Sie lächelte ihnen freundlich zu und verschwand an den Nachbartisch. Margarete war schon auf 180.

„Basenfasten ohne hungern stand in dem Programm! Und es sollte alles appetitlich und kunstvoll gestaltet sein. Wenn das so bleibt, reisen wir wieder ab. Oder was meinst du?"

Oma Ida hatte auch so ihre Zweifel, ob sie das eine ganze Woche lang durchstehen würden, ließ sich aber nichts anmerken.

„Versuchen wir es doch einfach. Heute können wir ohnehin nichts ändern."

Die Suppe roch gut. Nach würzigen Kräutern. Die „Einlage" bestand aus Schnipselchen von Möhren, Sellerie und Paprika und war überschaubar. Es schmeckte beiden vorzüglich, auch ohne Fett. Und das nicht nur, weil sie hungrig waren. Den Nachschlag nahmen sie dankend entgegen.

Mit einer weiteren Kanne Kräutertee im Bauch begaben sie sich auf ihre Zimmer, holten ihre e-books und suchten im Haus nach einem gemütlichen Fleckchen zum Lesen. Im Kaminzimmer war kein Feuer angefacht und daher kalt. Im Vortragsraum fand der Kurs für die „Neustarter" statt, an dem sie nicht teilnehmen durften. Im großen Aufenthaltsraum mit den schönen Korbmöbeln waren schon alle Plätze belegt. Der Speiseraum war jetzt zu.

Wohin also?

„Am besten wir gehen in unsere Zimmer und probieren die Relaxsessel. Da ist es wenigstens gemütlich und warm."

Gesagt, getan. Das hatte auch den Vorteil, dass die Toilette in erreichbarer Nähe war, denn nach der vielen Brühe und dem Tee war sie ein bevorzugtes Örtchen.

Nach einer unruhigen Nacht erwachte Oma Ida schon gegen 6.00 Uhr. Viel zu früh, um an Frühstück zu denken. Sie wälzte sich noch eine halbe Stunde im Bett hin und her, konnte aber nicht mehr einschlafen.

Ich gehe erst mal schwimmen, sagte sie sich und schwang entschlossen die Beine aus dem Bett.

Leise klopfte sie an Margaretes Zimmertür, aber es erfolgte keine Reaktion.

„Dann schlaf´ nur schön weiter", murmelte

Oma Ida leise vor sich hin. Das Bad war eine Wohlfühloase. Das Wasser und auch die Luft waren angenehm warm. Die Morgensonne fiel durch die Verglasung auf die türkisfarbenen Fliesen und, was das Schönste war, sie hatte alles ganz für sich allein. Das dachte sie jedenfalls. Doch nach zwanzig Minuten drang Lärm durch die Glastür und kurz darauf strömten die Neustart-Teilnehmer ins Bad. Da war es vorbei mit Bahnen schwimmen oder auf der Liege in der Morgensonne relaxen. Eilig verließ Oma Ida das Schwimmbad, trocknete sich flüchtig ab und hüllte sich in den hauseigenen Bademantel. Der war ein bisschen zu groß für sie, sodass sie die Ärmel zweimal umkrempeln musste. Gerade als sie in ihrem Zimmer verschwinden wollte, trat Margarete aus der Tür nebenan.

„Wo warst Du denn? Ich habe mir schon die

Finger wund geklopft und wollte gerade jemanden holen, damit er mal in Dein Zimmer sieht, ob Dir was passiert ist."

„So ein Quatsch. Was soll mir denn passieren? Ich war schwimmen."

„Ach. So früh und ohne Frühstück? Na, das wäre nichts für mich. Nun beeil Dich aber. Es ist Frühstückszeit."

Das Frühstück wartete mit einer echten Überraschung auf. Ein Kunstwerk aus Banane, Weintrauben, Mandarinen, Ananasstückchen und Äpfeln stand auf jedem Platz. Dazu die obligatorische Kanne Tee.

„Hier ist eine echte Künstlerin am Werk gewesen", sagte Margarete voll Begeisterung.

„Das stimmt. Ich wage gar nicht, diese zauberhafte Kreation zu zerstören."

„Auf jeden Fall müssen wir erst mal ein Foto davon machen, das wir zu Hause zeigen können, denn mit Worten lässt es sich kaum beschreiben."

Langsam und mit Genuss ließen sie sich dann den Obstteller munden.

„Ja, so kann man durchaus den Tag beginnen", schwärmte Oma Ida.

Die freundliche Hausdame Juliane war an ihren Tisch getreten und ließ sie wissen, dass der Doktor um 10.00 Uhr mit den Untersuchungen beginnen und die weiteren Termine abstimmen wollte. Es ging hier nämlich nicht nur um das basische Essen, sondern auch um das körperliche Wohlbefinden, das durch allerlei therapeutische Anwendungen unterstützt werden sollte. Zuvor erläuterte Juliane den Frühstücksgästen anhand eines Schemas auf einer farbigen Papptafel die vegetativen Vorgänge, die im Körper ablaufen, ohne dass man sich dessen bewusst wird. Sie zeigte ihnen auf ihrem Laptop die Kurven, die ein gesunder Körper bei einem ausgeglichenen Säure-Basen-haushalt haben sollte und erläuterte die möglichen Folgen einer Übersäuerung. Dann wies sie auf etliche Publikationen zu diesem Thema hin, die für jeden zugänglich im Vestibül auslagen und auf die Wandtafel neben dem Empfang, an der zusätzliche Veran-staltungen bekannt gegeben wurden. Ab-schließend bat sie ihre Zuhörerinnen, zur Un-tersuchung doch bitte die hauseigenen Bade-mäntel über der Unterwäsche zu tragen und nach Möglichkeit Badeschuhe.

Pünktlich um 10.00 Uhr fanden sich Oma Ida und Margarete in dem kleinen Warteraum vor dem Sprechzimmer ein. Es öffnete sich die Tür und der nette Herr, der sie am Bahnhof in Empfang genommen hatte, erschien im weißen Kittel und mit Stethoskop um den Hals.

Freundlich lächelnd bat er Oma Ida ins Sprechzimmer und Margarete, sich noch 15 Minuten zu gedulden. Etwas unsicher, aber erwartungsvoll betrat Oma Ida das Sprechzimmer, in dem bereits ein hübsches junges Mädchen an einem Computer saß. Der Herr Doktor begab sich hinter einen schmalen Schreibtisch und bat Oma Ida, auf dem Stuhl davor Platz zu nehmen.

„Wie geht es Ihnen? Haben Sie in der ersten Nacht Ihres Aufenthaltes in unserem Haus gut geschlafen?", fragte er mit gewinnendem Lächeln.

„Ja, danke. Es geht mir gut und ich habe auch gut geschlafen."

„Wie würden Sie Ihren Gesundheitszustand bezeichnen? Was macht Ihnen besonders zu schaffen und welche Medikamente nehmen Sie?"

„Ich sagte schon, es geht mir gut. Es zieht mal hier, mal da, aber nichts Ernsthaftes. Mein rechtes Hüftgelenk muckert von Zeit zu Zeit. Altersgerecht eben. Medikamente nehme ich keine."

„Altersgerecht." Er lachte.

„Da können Sie sich glücklich schätzen. Solange es zieht, sind Sie am Leben. Was tun Sie für Ihre gute Gesundheit?"

„Ich gehe einmal pro Woche zum Tanzen, einmal zur Gymnastik. Ich habe es auch schon mit Yoga und Tai Chi versucht. Im Sommer gehe ich gern schwimmen, im Winter in die Sauna. Und jetzt will ich es mal mit Basenfasten versuchen."

Der Doktor war begeistert.

„Das ist lobenswert. Machen Sie weiter so."

Das junge Mädchen hatte eifrig alles in den Computer getippt.

„Das ist übrigens Lissi, meine Assistentin und meine Enkeltochter. Sie ist noch in der Ausbildung als examinierte Krankenschwester und hilft mit zuweilen bei dem Papierkram." Selbige war sich ihrer Bedeutung bewusst und sah Oma Ida mit einem offenen Lächeln an.

„Nun kommen wir zum praktischen Teil. Bitte legen Sie den Bademantel ab. Wir beginnen mit dem Blutdruckmessen."

Es folgte der Gang auf die Waage und unter die Messlatte. Dann kam das Stethoskop zum Einsatz. Tief einatmen, ausatmen. Die Gelenke wurden begutachtet und die Kniereflexe überprüft. Oma Ida kam sich vor wie beim Gesundheitscheck, den sie alle zwei Jahre wahrnimmt.

Mit Erstaunen stellte sie fest, dass sie um 2 cm geschrumpft war. Die ermittelten 2 kg zu viel auf den Rippen, überraschten sie dagegen nicht.

„Alles im grünen Bereich. Jetzt möchte ich nur noch ein bisschen Blut von Ihnen", schloss der Doktor lächelnd die Untersuchung ab. Mit dem Hinweis, dass sie die erforderlichen Therapiemaßnahmen noch am Nachmittag von Juliane erfahren würde, wurde sie freundlich verabschiedet.

„Na, wie war`s? Das hat ja ganz schön lange gedauert."

Margarete sah sie erwartungsvoll an.

„Sehr gründlich," antwortete Oma Ida, aber bevor sie weiter ausholen konnte, öffnete sich die Tür zum Sprechzimmer erneut und Margarete wurde hinein gebeten. Oma Ida eilte in ihr Zimmer, um sich anzuziehen. Eigentlich wollte sie noch einige Schritte ums Haus gehen, aber das frisch gemachte Bett war einfach zu einladend. *Nur für ein paar Minuten den abgebrochenen Nachtschlaf nachholen,* sagte sie sich, aber dann war sie wohl doch eingeschlafen. Ein heftiges Klopfen und Rütteln an der Zimmertür schreckte sie auf.

„Ida? Bist Du da? Es ist Zeit zum Mittagessen. Willst Du heute verzichten?"

Nein, das wollte sie keinesfalls.

„Ich komme schon", rief sie und brachte eiligst ihre Kleidung und die Haare in Ordnung bevor sie Margarete die Tür öffnete.

„Du siehst ganz zerknautscht aus", empfing sie Margarete, „hast Du geschlafen?"

„Ach was", antwortete Oma Ida. „Ich habe Gesichts-Yoga gemacht".

Margarete zog die Augenbrauen hoch und setzte sich in Richtung Speiseraum in Bewegung. Juliane kam Ihnen schon entgegen.

„Sie haben doch sicher nichts dagegen, wenn ich Sie an einen Vierertisch setze?"

Zielstrebig ging sie auf einen hübsch eingedeckten Tisch an der Fensterseite zu, an dem schon die ältere Dame saß, die sie am Bahnhof gesehen hatten. Ihr gegenüber hatte die junge Frau, die jedes Jahr zum Fasten hierher kam, Platz genommen.

„Das sind Frau Irene Müller und ihre Enkelin, Frau Sabine Metzger", stellte Juliane die beiden vor.

„Sie haben sich vielleicht schon bekannt gemacht?"

„Noch nicht, aber jetzt," sagte Margarete und regte sogleich an, sich doch mit Vornamen anzusprechen. Es entspann sich eine lebhafte Unterhaltung, die sie aber unterbrachen als die Suppe serviert wurde.

Es gab eine kleine Tasse Rote-Bete-Suppe mit frischen Kräutern. Das Hauptgericht bestand aus zwei Gemüsefrikadellen auf grünem Salat, umgeben von halbierten Minitomaten und einigen Gurkenscheiben.

Sogar eine Nachspeise in Form einer halben geschälten und appetitlich aufgefächerten Birne, garniert mit gerösteten Mandelsplittern, wurde gereicht. Danach waren sie vollends gesättigt und dachten über ein Mittagsschläfchen nach. Daraus wurde allerdings nichts, denn Juliane erschien und erklärte ihnen in groben Zügen den üblichen Tagesablauf.

Die Termine für die Anwendungen fielen zumeist in die Vormittagsstunden, aber auch die Nachmittage waren mit Veranstaltungen und Vorträgen ausgefüllt.

„Heute beginnt schon um 14.30 Uhr eine Wanderung durch den Kurpark des Kurortes. Die Teilnahme ist freiwillig, aber es wird doch gern gesehen, wenn die Gäste daran teilnehmen", verkündete Juliane.

Als die Zeit gekommen war, hatten sich 12 Personen vor dem Gebäude eingefunden. Der Doktor erschien. Diesmal in sportlichen Knie-hosen und Kapuzenshirt. Unter seinen Arm hatte er ein Bündel Nordic-Walking-Stöcke geklemmt. Die verteilte er nun an die Teil-nehmer.

„Ich nehme keine Stöcke", meldete sich Oma Ida. „Ich kann damit nicht ordentlich gehen. Sie sind mir eher lästig als eine Hilfe."

„Das sollten Sie sich aber noch einmal überlegen. Gerade, wenn man Hüftprobleme hat, sind sie eine gute Unterstützung", versuchte der Doktor Oma Ida zu überreden. Auch die anderen Teilnehmer der Gruppe, redeten auf sie ein und besonders Margarete drang in sie, die Stöcke anzunehmen. Wider-willig und nur, um der Diskussion ein Ende zu bereiten, nahm Oma Ida die „Gehhilfe", wie sie sie nannte, in Empfang. Sie hatte vor einigen Jahren mal an einem Nordic-Walking-Kurs der Volkshochschule teilgenommen und konnte keinen Vorteil für sich darin erkennen, mit diesen Klappergeräten durch die Gegend zu ziehen. Sie waren ihr eher hinderlich, denn im Normalfall würde sie nie die Arme so hoch heben. Wenn es keiner bemerkte, zog sie die Stöcke lieber hinter sich her, als dass sie sie im vorgeschriebenen Winkel auf den Boden setzte. Das brachte ihr wiederholt Kritik ein und verleidete ihr die Freude an diesem Sport ganz und gar. Aber um des lieben Friedens willen, griff sie nun wie die Anderen in die Schlaufen und stakste mit etwas Abstand hinter ihnen her.

Der Kurpark erwies sich als eine ausgedehnte Anlage mit teilweise uraltem Baumbestand. Er führte entlang eines kleinen Baches auf verschlungenen Wegen hügelaufwärts. Sie waren von immergrünen Büschen gesäumt. Das Bächlein war irgendwann im Nirgendwo verschwunden. Auf dem Scheitelpunkt des Hügels befand sich ein ziegelroter runder Turm, der, seiner ursprünglichen Nutzung als Wasserspeicher entzogen, zum Feriendomizil ausgebaut worden war. Ihn umgaben rosettenförmig angelegte Beete, die zu einer anderen Jahreszeit mit ihrem Blütenflor das Auge der Spaziergänger erfreuen würden. Jetzt allerdings war der Winter noch gegenwärtig. Überall lagen Reste von Schnee, der tagsüber taute und über Nacht wieder gefror. Die Wege waren teilweise aufgeweicht, teilweise höllisch glatt. Es fiel Oma Ida schwer, sich einzugestehen, dass die Nordic-Walking-Stöcke tatsächlich hilfreich waren. Sie lächelte verkniffen, als

Margarete das zufrieden konstatierte. Nach 45 Minuten zügigen Spaziergangs plätscherte unvermutet wieder das Bächlein neben ihnen und stürzte sich mit kleinem Gefälle in einen See. Mit Erstaunen stellten sie fest, dass es der Haussee war und sie sich unweit ihres Kurhotels befanden. Hier wurden sie schon von Juliane erwartet, die für jeden Einzelnen den Therapieplan in den Händen hielt und selbigen aushändigte, sobald sich die Wanderer akklimatisiert hatten und alle Stöcke in einem bereitstehenden Behälter verstaut waren.

Neugierig wollte sich Oma Ida darauf stürzen, um zu sehen, welche Maßnahmen ihr und Margarete zuteil werden sollten, aber Margarete drängte darauf, erst die Toilette aufzusuchen und dann einen beruhigenden Kräutertee aufzubrühen, denn die Wanderung hatte ihren Stoffwechsel ganz schön auf Trab gebracht. Dem konnte sich auch Oma Ida nicht entziehen.

Sie nutzte auch gleich die Gelegenheit, um sich für den Abend in ihrem neuen Hausanzug präsentieren zu können. Als sie schließlich in der Teeküche erschien, hatte Margarete sich schon einen beruhigenden Melissentee aufgebrüht und studierte ihren Therapieplan.

„Hast Du schon mal den Malventee probiert?", fragte Oma Ida. „Den kenne ich noch von unserer Reise nach Ägypten. Damals fand ich ihn sehr exotisch."

„Kneipp-Anwendungen, eine Lymphdrainage, eine Ganzkörpermassage und einmal Solebad," sagte Margarete aufgeregt.

Sie hatte Oma Ida gar nicht zugehört. Sie war so vertieft in ihren Therapieplan und überlegte gerade, ob sie auf den Heuwickel, der jeden

Morgen in ihrem Plan eingetragen war, nicht lieber verzichten wollte. Sie war allergisch gegen Birkenpollen, aber das hatte ja nichts mit Heu zu tun.

„Bei mir beginnt der Tag schon vor dem Aufstehen", entgegnete Oma Ida nach einem Blick auf die ihr verordneten Anwendungen.

„6.00 Uhr heißer Heuwickel um die Hüfte. 10.00 Uhr Kneipp-Bäder, je zweimal für die Füße, die Unterarme und den Brustkorb."

„Was? Alles an einem Tag?" Margarete sah auf.

„Nein, wo denkst Du hin. Jeden Tag nur eine Anwendung, die aber im Wechsel."

„Und was hast Du sonst noch?"

Oma Ida blickte auf ihren Plan.

„Eine Ganzkörpermassage, eine Kreidepackung im Wasserbett, und einmal Fan dango."

„Was ist denn das, Fan dango? Nie davon gehört." Margarete sah Oma Ida fragend an.

„Moorpackung", antwortete sie.

„Du meinst Fango! Fango heißt das."

„Ich weiß", antwortete Oma Ida lächelnd. „Ich finde die Bezeichnung Fandango so schön. Außerdem kann ich mir so besser merken, was eine Moorpackung ist."

„Vielleicht ist es aber gar nicht so eine Fango-Packung wie Du sie kennst, sondern richtiger schwarzer Schlamm in der Badewanne", gab Margarete zu Bedenken.

„Wir werden sehen. Auf jeden Fall ist das ein umfangreiches Programm. Ich freue mich schon darauf."

Nachdem sie die Termine erhalten hatten, gewann ihr Tagesablauf eine gewisse Struktur. Heuwickel, Frühstück, Schwimmen, Spaziergang in die wald- und seenreiche Umgebung,

Mittagessen, kleine Pause, Massage oder eine andere Behandlung.

„Um 15.00 Uhr sind alle Behandlungen abgeschlossen", stellte Margarete fest.

„Was machen wir dann?"

„Lesen, Tee trinken und auf das Abendbrot warten, zeitig ins Bett kriechen und dort weiter Lesen oder Rätseln. Totale Entspannung." Oma Ida sah Margarete mit einem verschmitzten Lächeln an. Diese holte tief Luft und reagierte wie erwartet.

„Das könnte Dir so passen. Langweilen kann ich mich auch zu Hause. Hast Du mal auf den Aushang neben dem Speiseraum gesehen? Da wird jeden Nachmittag um 16.00 Uhr ein Vortrag zu einem interessanten Thema angeboten, ein Liederabend und sogar ein Tanzkurs. Und nach dem Abendbrot könnten wir ja mal unsere Tischnachbarinnen fragen, ob sie

Lust haben, mit uns Karten zu spielen. Wir sind doch keine Neustarter. Wir müssen nicht mit den Hühnern ins Bett gehen."

Oma Ida grinste.

„Wusste ich doch, dass Du darauf anspringst, Gretel".

„Du sollst mich nicht Gretel nennen. Du weißt, dass ich das nicht mag. Also, was schlägst Du vor?"

„Jetzt bereiten wir uns erst mal auf das üppige Abendmahl vor. Dabei kommen wir sicher mit Irene und Sabine ins Gespräch und können sie fragen, ob sie Lust zum Kartenspielspielen haben."

„So soll es sein."

Beim abendlichen Süppchen handelte es sich diesmal um eine Karotten-Ingwer-Suppe, die außer pürierten auch fein geraspelte Möhren und kleine gewürfelte Sellerie- und Paprikastückchen enthielt. Sie duftete würzig nach Ingwer und Knoblauch.

„Die Suppe ist lecker", lobte Oma Ida und die anderen stimmten zu.

„Aber da ist noch ein anderes Aroma dabei. Ich komme nur nicht drauf, was das sein könnte."

„Kurkuma vielleicht?"

„Kurkuma und eine Spur abgeriebene Orange," verriet Juliane, die an ihren Tisch getreten war, um sich nach ihrem Befinden zu erkundigen.

„Eine interessante Kombination", fand Margarete. Oma Ida, Irene und Sabine pflichteten ihr bei. Der Speisesaal hatte sich inzwischen gefüllt und Juliane eilte von Tisch zu Tisch, um auch von den anderen Gästen ein Feedback zu erlangen.

Während die drei älteren Frauen den

angebotenen Nachschlag gern entgegen nahmen, lehnte Sabine bescheiden ab und berichtete stattdessen von ihrer vorjährigen Fastenkur. Da bekam sie ausschließlich Tee, Obst- oder Gemüsesaft am Morgen und abends auch. Lediglich zum Mittag gab es eine fettarme Brühe, wenn auch ohne jegliche Einlage. Sie erzählte, dass sie diese Fastenkur eigentlich jedes Jahr mache und sich sehr wohl dabei fühle. Die Basenkur in diesem Jahr sei eine Ausnahme, da sie nach einer schweren Bronchitis noch nicht wieder voll auf der Höhe sei.

„Dabei haben Sie es doch gar nicht nötig zu hungern, so rank und schlank, wie Sie sind", bemerkte Oma Ida.

„Abnehmen ist nicht das Ziel meiner Fastenkur. Ich fühle mich einfach leichter und klarer im Kopf. Aber das lässt sich anderen Menschen gegenüber natürlich nur schwer vermitteln."

Sie lächelte zaghaft. Zum Kartenspielen hatte sie allerdings keine Lust. Irene dagegen schon. So verabredeten sie, sich nach dem Abendessen zu Dritt zum Rommèspiel zu treffen.

Oma Idas und Margaretes Kontakt zu den anderen Gästen beschränkte sich auf wenige Personen. Die Neustart-Gruppe war meistens unterwegs und aß auch in einem gesonderten, durch Blumengitter abgetrennten Teil des Raumes.

In den ersten zwei Tagen gesellte sich zu den Mahlzeiten am Nebentisch eine junge Familie mit einem Kleinkind, das ständig beim Vater auf dem Rücken hing, aber zum Essen in ein Kinderstühlchen durfte. Ihre Gerichte sahen etwas gehaltvoller aus als das, was die Basenfaster bekamen, aber natürlich war auch hier alles Bio und rein vegetarisch. Am Tisch hinter ihnen saßen zwei Frauen, die ihre Lebensgeschichten und Leiden austauschten und ganz genau wussten, dass Ärzte keine Ahnung von nichts haben und man sich nur auf das Internet und sich selbst verlassen dürfe.

Ab und an trafen Ida und Margarete mal auf eine Frau aus der Neustart-Gruppe, die diese Kur von ihren Kindern als Dankeschön fürs Babysitten geschenkt bekommen hatte. Sie plauderte gern ein bisschen aus dem Näh-kästchen und verriet Details aus ihrem Pro-gramm. Wie sie berichtete, mussten die Teil-nehmer schon 5.30 Uhr aufstehen, noch vor dem Frühstück schwimmen und Wasser-gymnastik machen. Gleich nach dem Frühstück ging es mit ärztlicher Betreuung auf eine mehrstündige Wanderung in die wald- und wasserreiche Umgebung des Kurortes.

Nach dem Mittagessen folgten, ohne Mittagsschlaf, therapeutische Anwendungen, Blutdruckmessen und Fitnesstraining. Gruppengespräche, Vorträge oder gemeinsame Arbeiten wie Brot backen und Gemüse schnippeln, füllten die Zeit bis zum Abendessen und um 21.00 Uhr war Bettruhe angesagt.

Ein straffes Programm, an dem Frauen verschiedener Altersgruppen teilnahmen. Überhaupt waren zu ihrer Zeit hauptsächlich Frauen zur Kur angereist. Der einzige Mann, der als Gast im Hause war, nahm am Neustart-Programm teil und nutzte seine freie Zeit intensiv mit seinem Laptop. Er hatte wohl den Relax-Faktor seiner Kur noch nicht verinnerlicht. Oma Ida und Margarete genossen ihre Behandlungen, besuchten einen Vortrag über Osteopathie und einen zum Thema „Ein gesunder Schlaf verlängert das Leben", sie erkundeten die unmittelbare Umgebung, buchten auf dem Haussee eine Rundfahrt mit einem historischen Dampfschiff und nutzten alle Annehmlichkeiten, die die Basenfastenkur zu bieten hatte.

Jeden Morgen waren sie aufs Neue fasziniert von dem kunstvollen Obstarrangement auf ihrem Frühstücksteller. Sie lernten eine Reihe fleischfreier Gerichte kennen, von denen sie nie geglaubt hätten, dass sie gut schmecken könnten und sie davon satt würden.

Durch das beinahe salzlose Essen, hatten ihre Geschmacksknospen wieder ein feeling für das zarte Aroma der verschiedenen Gemüsesorten gewonnen.

„Was schreibst Du denn da?"

Margarete sah Oma Ida über die Schulter und las:

Je 100 g Äpfel, Möhre und gem. Mandeln

3 El Haferflocken

20 g Rosinen

2 El Honig

100 ml O-Saft und etwas Zitronensaft

1 Msp. Zimt

„Das Rezept für den Basenkuchen, den wir am Wochenende spendiert bekamen?", fragte sie erstaunt.

„Ja, warte".

Oma Ida schrieb schnell weiter:

Bei 180°C ca. 20 Min. backen.

„Ich habe den festen Vorsatz, ihn gelegentlich auch zu Hause zu backen."

Die Bauarbeiter, die übrigens aus Ungarn kamen, beendeten die Arbeiten am dritten Tag ihres Aufenthaltes. Die Rezeption und der Haupteingang erstrahlten im neuen Glanz und wurden geöffnet. Die Wendeltreppe in das erste Obergeschoss wurde wieder frei gegeben.

Nach zehn Tagen körperlicher und seelischer Entspannung und absolut gesundem Essen erschienen Oma Ida und Margarete zum Abschlussgespräch beim Doktor.

Erstaunt und auch etwas enttäuscht stellten sie fest, dass sie trotz der kalorien- und fettarmen Kost nicht abgenommen hatten.

„Wie ich sehe, ist Ihnen der Kuraufenthalt in unserem Haus gut bekommen. Die Werte liegen alle im zulässigen Bereich", resümierte der Doktor, „ich hoffe, dass Sie auch weiterhin einer basischen Ernährung zugetan sind und würde mich freuen, wenn wir Sie in unserer Einrichtung im nächsten oder übernächsten Jahr wieder begrüßen könnten."

Das bezweifelte Oma Ida sehr, hielt sich aber zurück und versicherte ihm stattdessen noch einmal, wie sehr sie diese Zeit genossen habe.

„Ganz besonders wohltuend empfand ich die familiäre Atmosphäre der Kureinrichtung und die stete Fürsorge, die die Hausdame Juliane uns allen entgegengebrachte", sagte sie.

Margarete hatte die Absicht, sich wenigstens dreimal in der Woche basisch zu ernähren und hatte sich bereits eine ganze Rezeptsammlung zugelegt. Mit Juliane hatte sie die E-Mail-Adresse ausgetauscht. Man konnte ja nie wissen.

Oma Ida hingegen verspürte allmählich vermehrt Appetit auf Handfesteres. Auf Kaffee und Kuchen hätte sie noch weiter verzichten können, aber den Käse und ein ordentliches Schnitzel vermisste sie doch.

„Ich denke, dass ich zu Hause wieder zu den gewohnten Nahrungsmitteln zurückgreifen werde, wenngleich vielleicht auch etwas verhaltener, was den Fleisch- und Kaffeegenuss betrifft," gestand sie Margarete, als beide schon auf der Heimfahrt waren.

„Mal sehen, wie lange meine guten Vorsätze anhalten". Margarete war sich da keineswegs sicher.

Aber in einem waren sie sich einig:

„Alles in allem war es eine interessante Erfahrung. Wir haben uns erholt und ein gutes Gewissen, was die Ernährung anbelangt.

Die Kur hat uns gut getan."

WENN EINER EINE REISE TUT

Oscar und Oma Ida war nicht vermögend. Ihre Renten waren auch nicht gerade üppig. Sie bewohnten seit 35 Jahren eine kleine Zweieinhalb-Zimmer-Wohnung mit Balkon und genossen Bestandsschutz, was die Miete angeht. Ihre Ansprüche an die Garderobe waren bescheiden, aber nicht altmodisch. Sie ernährten sich gesund, verzichteten aber nicht auf den einen oder anderen guten Wein. Sie gönnten sich ab und zu einen Restaurantbesuch und leisteten sich Schokolade und Pralinen, in Maßen natürlich. Kultur gehörte ebenso zu ihrem Leben wie einmal wöchentlich die Betätigung in der Tanz- und Seniorensportgruppe. So kamen sie einigermaßen gut über die Runden. Trotzdem mussten sie darauf achten, dass sie ihr Budget nicht überschritten, denn auch die Kinder und Enkelkinder wollten bedacht sein. Reisen standen bisher eher selten auf ihrem Programm. Sie gehörten der Vergangenheit an. Seit Oscar seinen Führerschein abgegeben hatte, waren auch weiter entfernte Fahrten   selten geworden und daher eine echte Bereicherung ihres Lebens in mehrfacher Hinsicht.

Deshalb freuten sie sich sehr über das Weihnachtsgeschenk ihrer Kinder, die sie zu einem Konzert in die Landeshauptstadt eingeladen hatten. Sie beschlossen, schon zeitiger in die Stadt zu fahren, dort noch ein bisschen zu bummeln und sich das Schloss anzusehen.

Zwei Tage vor dem Konzertbesuch erlag Oscar einer Grippe mit heftigem Fieber, Schüttelfrost, Husten und Schnupfen. Der Kopf und alle Glieder taten ihm weh, sodass er das Bett hüten musste. Es tat ihm leid um die Konzertkarten, aber er konnte unmöglich irgendwohin fahren. Er bedrängte Oma Ida, allein zu den Kindern zu fahren und das Konzert zu genießen, denn ihm konnte sie ohnehin jetzt nicht helfen. Er brauchte nur seinen Schlaf und seine Ruhe.

Oma Ida fiel es schwer, ihn sich selbst zu überlassen, aber der Besuch bei den Kindern und der gemeinsame Konzertbesuch reizten sie doch sehr. So gab sie schließlich nach und machte sich allein auf die Reise.

Zur Landeshauptstadt konnte sie mit der Regionalbahn fahren. Das war billiger als mit einem IC.

Diesmal gab sie sich erst gar nicht mit dem Fahrkartenautomaten ab. Sie würde das Ticket im Zug kaufen. Der Zug hatte 10 Minuten Verspätung, aber sie hatte es ja nicht eilig. Es war Freitag und der Zug gut besetzt. Sie musste ein Weilchen suchen bis sie einen freien Platz fand.

„Ich kann Ihren Mantel hier am Fenster anhängen", half ihr die Frau, die auf dem Nebenplatz saß.

Sie hatte bemerkt, wie Oma Ida vergeblich

versuchte, an den Haken heranzukommen, ohne ihr auf die Füße zu treten. Oma Ida reichte ihr den Mantel und bedankte sich. Dann machte sie es sich auf dem Nachbarsitz bequem, soweit das möglich war, denn die Rückenlehnen der Sitze waren ziemlich steil. Der Zug ratterte in gemächlichem Tempo dahin. Die Reisenden gingen ihren Beschäftigungen nach oder schliefen. *Früher haben sich die Leute unterhalten*, dachte Oma Ida, *Heute bleibt jeder für sich.* Die überwiegend jungen Leute hatten Stöpsel in den Ohren und hörten Musik, daddelten irgendwelche Spiele auf dem i-Pot oder wischten mit dem Mittelfinger unentwegt über das moderne Smartphone, um aufregende Fotos zu betrachten oder die Werbung für Dinge, die kein Mensch wirklich brauchte. Sie wusste das, denn ihre Enkel machten es ebenso. Wenn jemand sprach, dann nicht etwa zu seinen Mitreisenden sondern in ein Handy mit lieben Menschen, von denen sie sich gerade erst verabschiedet hatten.

Oma Ida blickte zu ihrer Platznachbarin, einer attraktiven Mittfünfzigerin. Die hatte ein Rätselheft auf dem Schoß und arbeitete gerade an einem Sudoku. Das gehörte auch zu Oma Idas Leidenschaften, Kreuzworträtsel und Sudokus. Unwillkürlich verfolgte sie die Eintragungen.

„Nein", mischte sie sich ein, „da gehört eine Vier hin. Die Zwei steht schon rechts außen. Entschuldigen Sie, wenn ich das sage, aber Sudokus sind wie mein täglich Brot. Da fällt es mir schwer, mich zurückzuhalten."

Die Nachbarin sah sie verwundert, aber nicht unfreundlich an.

„Ich komme selten dazu, mich mit solchen

Dingen zu beschäftigen", sagte sie. „Die Arbeit frisst mich auf. So eine Fahrt mit dem Zug ist für mich wie ein Kurzurlaub. Da habe ich auch mal Zeit für solche Sachen. Sudoku ist ja schließlich auch ein kleines Gehirntraining. Da kann man das Angenehme mit dem Nützlichen verbinden."

„Ja, so ist das, wer arbeitet, weiß oft nicht, wo ihm der Kopf steht und andere würden gern arbeiten, finden jedoch keinen Arbeitgeber. Aber ich wollte Sie nicht in ihren Überlegungen stören. Es ist mir einfach so herausgerutscht."

„So erging es mir auch, aber jetzt bin ich mein eigener Arbeitgeber, habe mich selbstständig gemacht mit einer kleinen Teestube."

Das Gespräch entwickelte sich. Sie kamen von einem Thema zum anderen. Da näherte sich der Zugbegleiter und begann mit der Fahrkartenkontrolle im hinteren Teil des Wagens. Oma Ida öffnete ihre Handtasche und suchte ihr Portemonnaie. Dabei erzählte sie ihrer neu gewonnenen Zuhörerin von ihrem letzten Erlebnis mit dem Fahrkartenautomaten.

„Ich kaufe meine Fahrkarte jetzt nur noch im Zug, auch, wenn ich jetzt wieder einen Zuschlag bezahlen muss."

„Nein, warten Sie. Stecken Sie das Geld wieder ein", hinderte sie ihre Nachbarin am Herausnehmen des Geldscheines.

„Ich habe ein M/V-Ticket, damit können bis zu fünf Personen mitfahren. Sie müssen nur sagen, dass Sie zu mir gehören. Die beiden jungen Leute da gegenüber fahren auch auf meine Karte."

Oma Ida schaute sie überrascht und etwas ungläubig an. Dann sah sie hinüber zu den beiden, die wie Studenten aussahen und gar keine

Notiz von ihrer Umwelt nahmen.

„So etwas gibt es wirklich?", fragte sie.

„Ja sicher, auf diese Weise erhöht sich die Zahl der Reisenden, was in der Statistik für die Bahn von Vorteil ist, wenngleich es aus ökonomischer Sicht etwas fragwürdig klingt."

„Und die jungen Leute fahren alle umsonst?"

„Meistens nicht. Aber sie teilen den Fahrpreis entsprechend der mitreisenden Personen und kommen damit zu einem für sie günstigen und erschwinglichen Fahrpreis."

Während Oma Ida immer noch verblüfft das soeben Gehörte verarbeitete, hatte der Zugbegleiter den „Fahrausweis", wie er sagte, kontrolliert und die dazu gehörenden Personen einschließlich Oma Ida in Augenschein genommen. Er hatte keine Beanstandungen und setzte die Kontrolle im Nachbarabteil fort. Oma Ida zückte erneut ihre Geldbörse.

„Vielen Dank für Ihr freundliches Entgegenkommen. Aber dann will ich zumindest meinen Anteil bezahlen. Können Sie wechseln?"

„Lassen Sie es gut sein", antwortete ihre Reisebegleiterin, „als Selbstständige kann ich die Fahrt als Reisekosten abrechnen. Das mindert meinen Gewinn und damit auch die Steuer. Davon entrichten wir alle eh´ noch genug. Außerdem hatte ich selten so eine interessante Reisebegleitung."

Oma Ida kramte schon wieder in ihrer Handtasche. Diesmal förderte sie eine Tafel Schokolade zutage.

„Dann nehmen Sie wenigstens diese Kleinigkeit als Dankeschön. Ein bisschen Hüftgold ist nicht schädlich und sorgt für ein paar Glückshormone."

In angeregter Unterhaltung setzten sie die

Fahrt fort.

„Kommen Sie mich doch mal in der Teestube besuchen, wenn Sie wieder in Schwerin sind. Im Verkaufsraum habe ich eine kleine Sitzecke eingerichtet, wo man gemütlich sitzend eine neue Teesorte probieren kann. Für gute Kunden gibt es auch mal ein Pröbchen kostenlos. Ich kenne einige Kunden, die auf nur eine Sorte Tee eingespielt sind und sich nicht trauen, auch mal etwas Anderes zu versuchen. Dabei gibt es so viele schmackhafte Teesorten, die zu probieren sich lohnt."

„Da haben Sie sicher Recht. Ich habe bei einer Kreuzfahrt auf dem Yangtze das erste Mal Jasmintee probiert und bin begeistert. Leider gibt es den hierzulande nicht mal in jedem Spezialgeschäft für Tee."

„Wahrscheinlich wird er zu selten nachgefragt. Da lohnt es sich für das Geschäft nicht, ihn zu ordern, denn zumeist bietet der Großhandel nur größere Mengen an. Aber ich habe einen guten Draht zu einem chinesischen Ehepaar, das in der Handelsvertretung tätig ist und gelegentlich in die Heimat nach China fliegt. Vielleicht kann ich Ihnen da helfen. Aber dessen ungeachtet lade ich Sie zum Tee ein. Ich habe eine reiche Auswahl." verabschiedete sich ihre Reisegefährtin und reichte Oma Ida ihre Visitenkarte. Der Zugbegleiter hatte gerade die Einfahrt in den Schweriner Bahnhof angekündigt.

„Im Winterhalbjahr gestalte ich an jedem zweiten Donnerstag eine Teezeremonie. Dafür ist jedoch eine Anmeldung erforderlich, denn die Plätze sind begrenzt und die Veranstaltung ist sehr gefragt", fuhr sie fort und erhob sich von ihrem Platz.

„Das ist ja interessant", sagte Oma Ida, „ich

habe vor Jahren als Tourist bei der schon erwähnten Reise in China an einer Teezeremonie teilgenommen. Da wurde sehr viel über die Zubereitung und Wirkungsweise der verschiedenen Teesorten erzählt. Das Meiste habe ich schon wieder vergessen, aber ich erinnere mich noch gut an die Zeremonie, die es vor dem eigentlichen Teegenuss einzuhalten galt. Wenn ich mich recht erinnere, sollte man die gefüllte Teeschale zunächst vertikal von sich weg dreimal kreisen lassen. Danach wurde das Schälchen horizontal dreimal unter der Nase vorbeigeführt, um das Aroma in sich aufzunehmen, bevor man den Tee in kleinen Schlucken trinken durfte."

„Das ist sicher regional verschieden", meinte Frau Emmrich, wie Oma Ida inzwischen der Visitenkarte entnommen hatte.

„Ich habe das Zeremoniell bei einem Workshop in Japan gelernt. Aber ich setze es nicht eins zu eins um, denn meine Gäste sind es in der Regel nicht gewohnt, längere Zeit auf Knien oder im Schneidersitz auf Bambusmatten zu sitzen."

Oma Ida hatte inzwischen auch Hut und Mantel angezogen und eilte gemeinsam mit ihrer neuen Bekannten zum Ausstieg.

„Vielen Dank für die Einladung. Ich werde sie ganz bestimmt einmal wahrnehmen. Außerdem werde ich Sie meiner Enkeltochter empfehlen. Die hat ein Faible für Tee aller Art."

Was habe ich doch für ein Glück, sagte sich Oma Ida als sie in der Landeshauptstadt auf der Bummelmeile entlang schlenderte. Die Bekanntschaft mit Frau Emmrich werde ich auf jeden Fall vertiefen. Bahn fahren kann so schön sein. Besonders, wenn es nichts kostet.

DAS AUGE ISST NICHT MIT

Zu ihrem Geburtstag vor zwei Tagen hatte Oma Idas Enkelsohn Olli ihr per Post einen Gutschein in einer exklusiven Geschenkverpackung geschickt. Als Margarete nun zum Kaffee kam, stand der kleine Karton immer noch unberührt auf dem Tisch. Oma Ida hatte noch keine Zeit gehabt, sich das Geschenk in Ruhe anzusehen.

Margarete, wie immer neugierig, drängte sie, doch endlich nachzusehen, was denn das Schönes sei. Oma Ida gab schließlich nach und öffnete den Karton. Eine Einladung fiel ihnen entgegen für ein „*Dinner in the Dark*" für zwei Personen.

„Was soll das sein? Ein Nachtmahl?"

Margaretes Englischkenntnisse waren noch nicht ganz verblasst. Oma Ida war sich nicht sicher.

Sie schlugen im Englisch-Wörterbuch nach und fanden die Bestätigung: „Mahlzeit im Dunkeln". Daher auch der Zusatz: Das Auge isst nicht mit.

„Wie das wohl geht?"

„Vielleicht findet das Essen in einem abgedunkelten Raum bei Muschebubu-Beleuchtung statt. Das hatten wir doch schon mal in so einer Kellerkneipe in Spanien. Da war es so schummrig, dass man nur ahnen konnte, was da auf dem Teller lag", vermutete Margarete.

„Vielleicht bekommt man aber auch so eine Art Schlafmaske vor die Augen. Da freuen sich die anderen Gäste, wenn wir, wie die Kleinkinder, verzweifelt mit Messer und Gabel auf dem Teller herumstochern."

„Wieso wir?" Margarete setzte ein hoffnungs-volles Lächeln auf.

„Du kommst natürlich mit. Es ist doch ein Gutschein für zwei."

„Und Oscar?"

„Du glaubst doch nicht, dass Oscar sich auf so ein Unternehmen einlässt."

„Ich weiß auch gar nicht, ob ich das will", zierte sie sich. Aber schon der nächste Satz bewies, dass sie sehr wohl mitkommen wollte.

„Es kann auch sein, dass wir nur einen Löffel bekommen. Der Hauptgang ist dann mög-licherweise ein Ragout mit Kartoffelbrei."

„Vielleicht brauchen wir aber gar kein Besteck und essen mit den Fingern. Die Suppe natürlich nicht."

„Könnte ja sein, dass es statt Suppe einen Salat gibt und als Nachspeise einen Apfel oder so etwas in der Art."

Oma Ida und Margarete steigerten sich immer mehr ins Was wäre, wenn...

„Hoffentlich gibt es nicht so ausgefallene Sachen wie Muscheln, Schnecken oder irgendwelche Insekten."

„Igitt, igitt."

„Schleimige Pilze oder wabbeliges Eisbeinfleisch wäre auch nicht das, was ich mit Freude essen würde."

„Auf jeden Fall wird das eine spannende Angelegenheit", beendete Oma Ida die Spekulation, bevor ihnen noch weitere unappetitliche Dinge einfallen würden.

„Es könnte auch eine feuchte Angelegenheit werden. Wenn ich so daran denke, dass ich manchmal schon beim Frühstück zu Hause mit dem Saft kleckere." Margarete konnte kein Ende finden.

„Ich hoffe doch sehr, dass wir genügend

Servietten oder sogar ein Lätzchen bekommen wie damals in Warnemünde in dem ersten asiatischen Restaurant, wo wir uns mit den Stäbchen abgemüht haben. Ich bin mir nicht sicher, ob meine Hand ohne Licht immer die richtige Richtung zum Mund findet. Besser, wir ziehen nicht unsere besten Sachen an. Im Dämmerschein sieht sowieso keiner, ob wir in Gala oder Hausanzug erschienen sind."

„Zuerst müssen wir mal ins Internet und sehen, wo in der Nähe so ein Dinner überhaupt stattfindet", bremste Oma Ida und fuhr den Computer hoch.

An gastronomischen Einrichtungen mangelt es Rostock wahrlich nicht, aber dieses spezielle „Dinner in the Dark" wurde nur in einer einzigen Gaststätte angeboten, im „Planet B".

„Das ist fast im Zentrum. Da brauche ich vom Bahnhof nur die Straße runter zu laufen und bin in zehn Minuten da."

„Ich kann die Straßenbahn nehmen und wir treffen uns gleich dort."

„Das klappt ja. Nun brauchen wir nur noch einen Termin."

Sie nahmen Kontakt zu „Planet B" auf und erhielten einen Termin für Sonntagabend um 21.00 Uhr. Ziemlich spät für ein 4-Gänge-Menue, fanden sie. Ihre Abendbrotzeit war gewöhnlich 18.30 Uhr.

„Da ist es ja schon stockfinster", fiel es Oma Ida auf.

Daran, dass dieses Highlight auch stattfinden könnte, wenn es draußen schon dunkel ist, hatten sie noch gar nicht gedacht.

„Eigentlich eine naheliegende Überlegung. Man spart einfach das Licht in dem Raum. Wobei es in einer Stadt ja nie so ganz dunkel wird. Ein bisschen wird man also wohl sehen können", ließ sich Margarete vernehmen, ich bin schon richtig gespannt."

Sie trafen sich am Sonntag Abend eine reichliche halbe Stunde zu früh vor dem Restaurant und sahen durch die Fensterscheiben nur leere Stühle vor wenigen Tischen.

„Besonders gefragt scheint das Lokal ja nicht zu sein. Vielleicht können wir dann schon etwas zeitiger mit unserem Dinner beginnen."

Oma Ida ging voran.

Sie betraten die gastliche Stätte und waren überrascht, doch vier weitere Gäste bei einem Glas Bier sitzen zu sehen.

Die beiden gut aussehenden jungen Serviererinnen waren in ein Gespräch vertieft und nahmen keine Notiz von ihnen. Vorsichtig schob sich Oma Ida in ihr Blickfeld und gab bekannt, dass sie zum „Dinner in the Dark" wollten, obschon es noch etwas vor der angemeldeten Zeit war. Die beiden Mädels, die ihre Enkelinnen hätten sein können, erwiesen sich als gastfreundliche Personen und bedeuteten ihnen, in der Zwischenzeit irgendwo Platz zu nehmen und schon mal ein Getränk zu bestellen. Ein früherer Beginn der Veranstaltung sei leider nicht möglich. Das vorherige Dinner sei noch nicht beendet.

„Na, so was! Es sind also schon Gäste da bei einem vorherigen Dinner", flüsterte Margarete.

„Ich kann keinen weiteren Raum entdecken, wo das stattfinden sollte", antwortete Oma Ida ebenso leise.

Sie sahen sich im Restaurant um. Lediglich ein schwerer, dunkler Vorhang gegenüber der Theke weckte den Verdacht, dass dahinter noch etwas sein könnte.

Sie suchten sich einen Tisch, von dem aus man das ganze Lokal im Blick hatte und bestellten einen O-Saft für Margarete und eine Bitter Lemon für Oma Ida. Margaretes Blick fiel auf die Bildergalerie, die das ganze Restaurant zierte. Gekonnte Karikaturen menschlicher Häupter aller Altersgruppen und Nationen.

„Sieh Dir das an!"

Margarete bedeutete Oma Ida, sich umzudrehen und die in Glas gerahmten Portraits zu betrachten. Zahnlose, runzlige Altweibergesichter und zu Fratzen entartete Männervisagen grinsten sie an. Nicht unbedingt abstoßend, aber doch befremdlich.

„Wo sind wir hier gelandet? Was hat Olli sich bloß dabei gedacht, mir so ein Geschenk zu machen?", stöhnte Oma Ida leise.

„Wieso heißt das Restaurant eigentlich „Planet B"?

„Weil „A" vielleicht schon vergeben ist."

„ Oder „B" wie behindert? Wer weiß!"

Allmählich füllte sich das Lokal.

Es waren hauptsächlich junge Leute, die zu zweit oder in kleinen Grüppchen eintrafen. Kurz vor 21.00 Uhr waren alle Tische und Stühle besetzt. Ob die auch alle zum Dinner wollten?

Eine Viertelstunde zuvor hatte sich eine blasse, ungeschminkte junge Frau mit aschblondem Haar durch den Vorhang gewunden. Beide Hände waren mit benutztem Geschirr beladen gewesen. Sie hatte keine Miene verzogen und war in einer Nische neben dem Tresen, vermutlich in der Küche, verschwunden.

Besonders viel Spaß schien ihr die Arbeit nicht zu machen. Wenig später war sie mit einem Tablett zurückgekehrt, auf dem vier Schälchen standen. Damit war sie wieder hinter den Vorhang geglitten.

Dieses Prozedere hatte sich noch mehrere

Male wiederholt. Es musste sich wohl ein größerer Raum hinter dem Vorhang befinden, der offensichtlich auch gut besetzt war. Inzwischen rückte der Uhrzeiger weiter auf 21.00 Uhr vor. Oma Ida musste befürchten, dass sie nicht mehr rechtzeitig zum Bahnhof kommen würde, denn die Veranstaltung sollte lt. Prospekt zwei Stunden dauern. Der letzte Zug Richtung Stralsund fuhr um 23.55 Uhr. Bis dahin waren es zwar nur reichlich 10 Minuten Gehweg, aber sie musste ja auch noch den Fahrschein lösen.

Mit diesen Überlegungen und ernsthaften Zweifeln wandte sich Oma Ida an die nette, blonde Serviererin und fragte, ob sie das Event vielleicht doch lieber auf einen anderen Termin verschieben könnten.

Die sah auf die Uhr, runzelte die Stirn, rechnete offensichtlich und strahlte sie dann freundlich an.

„Das müssen Sie nicht verschieben. Das schaffen Sie noch ganz bequem. Es geht jetzt nämlich gleich los."

Während sie alle Gäste zu einer kurzen Information zusammenrief, traten aus dem zur Seite geschobenen Vorhang erst vereinzelte, dann immer mehr Personen hervor. Sie taten etwas benommen, blinzelten und rieben sich die Augen. Dann gingen sie wie erlöst an den Tresen, um ihre Rechnung zu begleichen.

Die fesche Blondine instruierte die neuen Gäste währenddessen, dass Handys, Smartphones und Uhren mit Leuchtziffern bitte abzugeben wären oder aber gut wegzustecken. Sie hätten die Wahl beim Hauptgericht zwischen Fisch, Fleisch oder vegetarisch. Und sie sollten sich überlegen, was sie zum Dinner trinken wollten.

Dann schaute sie in ihre Liste mit den Anmeldungen und teilte jedem Gast seine Tischnummer mit. Diese sollte er Traudi nennen, die ihn dann an den jeweiligen Platz führen würde. Als Traudi entpuppte sich die unscheinbare Person, die Oma Ida und Margarete schon, mit dem Geschirr beladen, beobachtet hatten. Wie die Blondine ihnen leise zuflüsterte, war Traudi sehr stark sehbehindert.

"Sie nimmt nur schemenhaft Umrisse und Farben wahr, findet sich aber wunderbar im Dunkeln zurecht. Sie wird auch während des Dinners die ganze Zeit mit im Raum bleiben für den Fall, dass jemand Hilfe braucht oder dringend raus muss", erklärte sie leise.

„Ihre Handtasche dürfen Sie mit in das Dunkel nehmen. Stellen Sie sie aber möglichst zwischen die Beine, damit niemand über sie fällt, wenn jemand mal aufsteht oder die Bedienung dadurch behindert wird."

Inzwischen herrschte unter den jungen Leuten, die mit Oma Ida und Margarete gewartet hatten, schon fast Party-Stimmung. Sie hatten auch so ihre Mutmaßungen angestellt und waren dabei auf die ausgefallensten Ideen gekommen.

Oma Ida und Margarete ließen ihnen den Vortritt und begaben sich als Letzte zu Traudi. Selbige drückte jedem Gast ein komplettes, in eine Serviette gewickeltes Besteck in die Hand und bat, ihren Anweisungen Folge zu leisten. Sie wurden gebeten, sich paarweise und hintereinander aufzustellen. Als Oma Ida und Margarete an der Reihe waren, fassten sie sich von hinten an die rechte Schulter und folgten - nein, nicht Heidi, sondern Traudi - in die Dunkelheit.

„Drei Schritte geradeaus, dann nach links zwei

Schritte. Jetzt ein Schritt nach rechts und dann Achtung Stufe! Alle beide Füße oben? Wunderbar. Nun vier Schritte geradeaus und schon haben wir Ihren Tisch erreicht."

Welchen Tisch? Es war absolut dunkel. Kein Muschebubu. Kein einziger Schimmer. Tiefschwarze Nacht. Nein, schwärzer als jede Nacht ohne Mond und Sterne. Mit den Händen tasteten Oma Ida und Margarete vorsichtig nach unten und erfassten einen kantigen Gegenstand mit einer ebenen Platte. Aha. Der Tisch also.

„Setzen Sie sich bitte auf die hintere Sitzbank", sagte die graue Maus nicht unfreundlich und zog Oma Ida am Arm ein Stückchen voran.

„Sie bleiben bitte stehen und setzen sich dann gegenüber auf den Stuhl", wurde Margarete gebeten.

Erneut tasteten sie in der Dunkelheit nach den Sitzgelegenheiten. Die Sitzbank erwies sich als bequeme, mit weichem Leder bezogene Sitzfläche. Margarete fand den Stuhl aus Hartplastik etwas unbequem, konnte daran aber nichts ändern.

„Was mache ich mit meiner Handtasche?", fragte Oma Ida flüsternd.

„Zwischen die Füße möchte ich sie nicht stellen. Wer weiß, wo ich sie dann im Laufe des Abends hin katapultiere."

„Ich habe sie mir um den Hals gehängt und in den Schoß gelegt", antwortete Margarete ebenso leise.

Dummerweise hatte Oma Ida eine Handtasche mit kurzem Riemchen zum unter den Arm klemmen mitgenommen.

„Über den Hals kriege ich sie nicht. Offensichtlich sitzt aber niemand neben mir.

Da steige ich mit dem linken Fuß durch den Henkel und schiebe mir die Tasche am Bein hoch bis zum Sitz. Dann kann ich sie direkt neben mir ablegen", sinnierte sie.

So, das wäre erst mal geschafft.

Beinahe lautlos war Traudi an ihren Tisch herangetreten und teilt ihnen leise mit, dass sie nun die bestellten Getränke brächte. Etwas gluckerte, etwa in Idas Augenhöhe, dann griff eine schmale Hand nach der ihrigen und ließ sie das, wie sie sagte, halbvoll gefüllte Glas mit dem Tonic umfassen. Es fühlte sich gut gekühlt an.

„Die Flasche mit dem Rest stelle ich daneben", meinte sie und bediente dann Margarete. Vorsichtig fuhr Oma Ida mit der Hand über die Tischplatte in die vermeintliche Richtung Kante und erfasste tatsächlich die Flasche. Da sie in der anderen Hand aber immer noch das

Besteck festhielt, das sie in der Finsternis nicht verlieren wollte, schob sie die Flasche mit dem Glas in der Hand langsam von der Kante weg zur Mitte des Tisches. Jedenfalls vermutete sie, dass es so wäre.

Die Stimmung im Raum war inzwischen weiter angewachsen. Einer der anderen Gäste entpuppte sich als Ulknudel und brachte die Gesellschaft mit seinen mehr oder weniger spaßigen Gags immer wieder zum Lachen. Sie hatten schon die Vorspeise erhalten und rätselten über deren Inhalt.

Unvermittelt war währenddessen Traudi wieder an ihren Tisch herangetreten und überreichte ihnen viereckige Schälchen mit der Vorspeise.

„Wie isst man die? Mit dem Löffel oder mit der Gabel?"

Als ob sie Margaretes Frage gehört hätte,

empfahl sie, die Gabel zu benutzen.

Mit dem Handballen den Kontakt zu ihrem Glas nicht verlierend, begann Oma Ida, die Gabel aus dem Besteck zu fädeln und fuhr dann vorsichtig an der Kante der Tischplatte entlang bis sie das Schälchen wieder erreicht hatte.

„Unvorstellbar, wie dunkel es sein kann. Absolut nichts zu sehen. Nicht der kleinste Lichtfleck. Auch kein grauer Schimmer. Alles schwarz in schwarz", stöhnte Margarete.

Für Oma Ida begann die nächste Herausforderung. Die Gabel in das Schälchen bugsieren, etwas darin aufspießen und dann auch noch bis zum Mund balancieren. Sicherheitshalber beugte sie sich tief hinunter bis ihr Mund den Rand des Schälchens erreichte. Dann führte sie die Gabel langsam an ihrer Wange vorbei in das Schälchen und erkundete die Struktur seines Inhalts.

„Wie weit bist Du?", wollte Margarete wissen.

„Irgendetwas aufzuspießen", antwortete Oma Ida. Dieses Etwas gelangte sogar unbeschadet in ihren Mund.

„Hhmm! Schmeckt wie Feta, aber leicht gesüßt."

Das nächste Stück, das in ihrem Mund landete, war glatt, rund, süß und saftig.

„Hast Du schon die Mango gekostet?, fragte sie Margarete.

„Ich dachte eher an Honigmelone."

Es folgte etwas Dünnes, Blattartiges. Irgendein Salat. Alles in allem sehr schmackhaft. Langsam, aber mit Genuss leerte Oma Ida das Schälchen.

Während sie noch den Saft der Vorspeise schlürfte, hatten die anderen Gäste schon die Suppe bekommen. Sie wusste nicht, ob das

Servieren der einzelnen Gerichte nach einem Zeitplan erfolgte oder ob das Gehör der Bedienung die entscheidende Rolle spielte, auf jeden Fall saßen sie kaum zwei Minuten vor den geleerten Schalen, als auch schon abgeräumt wurde. Nur wenig später wurde die Suppe in einer Tasse mit zwei Henkeln serviert.

Wieder begann das Prozedere mit der Entnahme des Löffels aus der Serviette. Die Gabel hatte Oma Ida zuvor wieder in die andere Hand genommen und hielt sie nun immer noch, zusammen mit dem Messer und der Serviette, angelehnt an ihrem Tonic-Glas, das bisher kaum leerer geworden war.

„Ich muss jetzt erst mal einen Schluck trinken. Hoffentlich finde ich das Besteck dann wieder", raunte sie Margarete zu. Da ihre rechte Hand die Suppentasse hielt, hatte sie das Besteck abgelegt, das Glas ergriffen und an den Mund geführt. Es gelang ihr, einige Schlucke zu nehmen. Dann balancierte sie den Löffel in die Suppentasse.

„Die Suppe ist aber lecker. Was ist das für ein Gewürz?"

„Kokos mit einer Spur Ingwer, glaube ich zu erkennen".

Margarete stimmte dem zu und Traudi, die offensichtlich in Hörweite war, bestätigte ihre Mutmaßung.

Ohne zu kleckern, leerte Oma Ida die Suppentasse. Sie hätte die Suppe natürlich auch aus der Tasse trinken können, wie Margarete das getan hatte, aber das war ihr in dem Moment gar nicht eingefallen.

„Eigentlich bin ich schon satt. Mein Abendbrot besteht gewöhnlich aus einer Scheibe Brot, belegt je zur Hälfte mit Wurst und Käse. Dazu einen Blattsalat oder Tomaten", wisperte Margarete.

„Das Schöne am Essen im Dunkeln ist," war einer der Spaßmacher zu vernehmen, „dass man die Kalorien nicht sieht."

Gut, man sieht sie sonst auch nicht, dachte Oma Ida, *aber so ganz verkehrt ist der Witz nicht.*

Für den Hauptgang hatte Margarete das Fleischgericht ausgewählt und Ida das vegetarische. Ihre Überlegung war, dass es wahrscheinlich leichter wäre, Gemüse im Dunkeln unbehelligt vom Teller zu bekommen, als Fleisch zu zerkleinern und mit entsprechender Beilage zu kombinieren.

Der Gedanke war so falsch nicht. Allerdings hatte Margarete sich die Sache etwas vereinfacht, wie sie im Nachhinein gestand, und nur die Beilage mit der Gabel gegessen, während sie das Fleisch kurzerhand in die Hand genommen hatte. Es konnte ja keiner sehen.

In dem schwarzen Verlies war es mittlerweile still geworden. Ab und an vernahmen sie das Klappern von Besteck am Teller oder das Klirren von Glas. Gelegentliche Seufzer, unterdrückte Flüche oder erschrockene Lautgebung ließen darauf schließen, dass auch die anderen Gäste mit dem Menü ihre Mühe hatten. Oma Ida hantierte wohlerzogen mit der Gabel. Das Erste, was sie sich zum Munde führte, war von weicher Konsistenz und schmeckte nach gut gewürztem Couscous. Dann folgte etwas Schmales, Längliches, von dem sie zuerst annahm, dass es längs geteilte Möhren seien. Der Geschmack entsprach allerdings nicht dem üblichen, leicht süßlichen Möhrenaroma. Später identifizierte sie es als Kartoffelgratin. Dann piekte sie etwas Festes an, das zugleich schwer und lang war. Sie konnte es nicht vom Teller heben. Deshalb beugte sie sich sicherheitshalber wieder bis zum Tellerrand und biss ein Stück davon ab. Der Geschmack kam ihr bekannt vor. Aber was war es?

„Vielleicht halbgare Zucchini", mutmaßte Margarete, der sie ihr vergebliches Bemühen geschildert hatte. Sie probierte noch einmal. „Nein, Zucchini schmecken anders." „Aubergine ? Die hat auch so eine feste Haut". Aber, nein, Aubergine konnte es auch nicht sein. Ihr Inneres war viel weicher. Nach dem dritten Versuch hatte sie es – Paprikaschote. „Es muss eine Paprika sein. Genau. Diesen leicht bitteren Geschmack hat nur die Paprikaschote. Aber warum bekomme ich sie nicht vom Teller?"

Mit der Gabel stocherte sie von allen Seiten

auf dem Teller herum und überall traf sie auf diesen typischen Widerstand.

„Eine Riesenpaprikaschote, aufgeklappt vielleicht und auf dem ganzen Teller ausgebreitet." So Margaretes Vorstellung. Oma Ida bemühte sich noch einige Male, ein paar Bissen davon in den Mund zu bekommen, aber das Gemüse glitt immer wieder von der Gabel.

„Ich gebe es auf", flüsterte sie und kratzte nur noch die leckere Füllung ab.

„Satt bin ich ohnehin schon lange. Und nun auch durstig. Jetzt muss ich erst einmal sehen, nein das ist falsch, tasten, wie ich den Rest des Getränkes aus der Flasche in mein Glas bekomme".

„Du hast Nerven. Ich rühre die Flasche nicht mehr an. Habe sie gleich zu Beginn weit weg gestellt."

Oma Ida griff vorsichtig tastend nach Flasche

und Glas und führte den Flaschenhals mit kühnem Schwung über das Glas. Die Flasche wurde leichter. Das Glas schwerer. Es hatte also geklappt. Sie konnte auch nichts Nasses auf dem Tisch finden. Der Schreck traf sie erst, als sie das Glas an den Mund hielt und feststellte, dass es randvoll war. Das hätte auch schief gehen können.

„Hast Du eine Ahnung, wie spät es ist", fragte Oma Ida, „am liebsten würde ich jetzt gehen."

„ Aber das dürfen wir nicht. Es gibt noch eine Nachspeise."

Margarete liebte Desserts über alle Maßen. Klar, dass sie sich das nicht entgehen lassen wollte.

Nur an einem schwachen, kaum wahrnehmbaren Luftzug spürte Ida, dass Traudi mit der Nachspeise gekommen war. Sie bat sie, sie beide als Erste aus der Finsternis zu entlassen, damit sie noch rechtzeitig ihren Zug erreichen konnte.

„Ja, ich habe schon davon gehört, dass das für Sie ein Problem werden könnte. Rufen Sie mich bitte, wenn Sie fertig sind."

Traudi war ein Schatz.

Für die Nachspeise benötigten sie ihr gebrauchtes Besteck nicht mehr. In dem kleinen Schälchen steckte ein Löffelchen, mit dem sie bequem fertig wurden. Das Dessert schmeckte nach Sahnepudding mit Mangostückchen auf Teig. Sehr gut. Ratz Batz war der Sahnepudding mit den Fruchtstückchen ausgelöffelt. Den Teig schenkte sich Oma Ida. Margarete nicht.

Mit einiger Mühe fädelte Oma Ida sich aus dem engen Riemen der immer noch neben ihr liegenden Handtasche. Dann rief sie leise in den Saal."Traudi!" und siehe da, sie kam fast augenblicklich. Wieder der Griff an die Schulter und dann ging es hurtig hinaus in die Welt des Lichts, der Farben und Formen.

Oma Ida und Margarete bedankten sich herzlich für die aufmerksame Betreuung und bewunderten die Leistung der jungen Frau. Es konnte auch für sie nicht leicht sein, sich in absoluter Dunkelheit mit gefüllten Tellern zwischen schlürfenden und schmatzenden, johlenden und ächzenden Gästen zu bewegen, die möglicherweise nicht den gleichen Gefallen an dem Event fanden wie sie.

Für Oma Ida und Margarete war es ein interessantes Erlebnis. Sie bekamen eine ungefähre Ahnung, wie blinde Menschen sich im Leben zurechtfinden können. Auch, worauf sie verzichten müssen.

Ihre Haltung gegenüber Traudi war zwiegespalten. Einerseits bedauerten sie sie und es erfüllte sie mit Scham, dass aus ihrem Leid für sie ein Event geworden war. Andererseits verspürten sie große Hochachtung vor dieser jungen Frau, die ihr Leben unter diesen Umständen doch sinnvoll gestalten konnte.

Voll des Lobes für die gelungene Veranstaltung beglich Oma Ida die Getränkerechnung, verabschiedete sich eiligst von Margarete und hastete zum Bahnhof.

Der Zug stand schon abfahrbereit auf dem Gleis. Für den Kauf einer Fahrkarte hatte sie weder die Zeit noch die Möglichkeit, denn der Fahrkartenschalter war längst geschlossen.

Musste sie eben die Fahrkarte beim Zugbegleiter kaufen.

Der Zug war menschenleer. Nur ein älterer Herr und ein junges Pärchen saßen in ihrem Abteil, in das sie auf den letzten Pfiff eingestiegen war. Sie behielt ihren Mantel gleich an, denn es war nicht sonderlich warm im Zug. Außerdem hatte sie nur vier Stationen vor sich.

Mit Dankbarkeit dachte sie an ihren Enkelsohn Olli, dass er ihnen dieses Erlebnis ermöglicht hatte. Es war in vielerlei Hinsicht eine Bereicherung ihrer bisherigen Erfahrungen.

In Gedanken ging sie noch einmal die vergangenen ereignisreichen Stunden durch.

Sie hatte die zu einer Rolle geformte und mit einem gelben Bändchen zusammengebundene Speisekarte, die alle Gäste zum Abschluss erhalten hatten, noch in der Hand. *Mal sehen, was wir da eigentlich gegessen haben,* dachte sie und rollte das Blatt auf.

Fitnesssalat

mit Melone, Feta und Rucola an einem Granatapfeldressing

*

Kokos-Ingwersüppchen

*

Gefüllte Paprikaschote bzw.

Rinderschmorbraten

mit Couscous-Gemüse, Paprikasoße und

Parmesangratin

*

Schokoladenpancake

geschichtet mit einer feinen Vanillecreme,

überzogen mit einem fruchtigen Mango-

Maracuja-Ragout

Bei dem Gedanken an die vertrackte Gabelei mit der Paprikaschote musste sie lächeln.

„Na, hatten Sie einen schönen Abend?"

Erschrocken blickte Oma Ida auf. Vor ihr stand der Zugbegleiter.

Ach, du Schreck!

„Ich habe noch keine Fahrkarte", sagte sie entschuldigend. „Der Schalter war schon zu. Ich möchte sie jetzt lösen."

„Eigentlich hätten Sie sich gleich bei mir melden sollen, aber ich will mal ein Auge zudrücken. Wohin soll es denn gehen?"

„Nach Ribnitz, bitte."

„Kein Problem!", sagte der Kontrolleur. „Ich stelle Ihnen einen Fahrschein aus. Kostet allerdings zwei Euro mehr."

„Was kostet denn die Fahrt sonst?"

„5,70 Euro, also bitte jetzt 7,70 Euro."

Oma Ida seufzte und fragte: „Ist das denn verhältnismäßig?", zückte aber ihre Geldbörse und reichte ihm einen 100- Euro-Schein.

„Gute Frau," stöhnte der Kontrolleur, „haben sie es nicht kleiner? Sie sind seit meinem Dienstantritt schon die dritte Person mit einem großen Geldschein. So viel Wechselgeld habe ich nicht."

Oma Ida hatte noch vor ihrem Event Geld bei der Bank abgehoben, da sie nur noch über 15 Euro Bargeld verfügt hatte. Der Automat hatte nur diesen einen Schein ausgespuckt. Nachdem sie die Getränke bezahlt und den letzten 5- Euro- Schein Traudi als Trinkgeld gegeben hatte, blieben nur noch ein paar Cent übrig. Oma Ida kramte in ihrem Portemonnaie und förderte 3,87 Euro zutage. Das war viel zu wenig.

Der Schaffner wandte sich an die wenigen Mitreisenden:

"Kann jemand von Ihnen 100 Euro wechseln?" Keine Reaktion. Ja, was nun? In dem Moment fuhr der Zug in Oma Idas Zielort ein. Der Kontrolleur war zugleich auch Zugbegleiter und musste darauf achten, dass alle Fahrgäste unbeschadet aus- bzw. einstiegen und der Zug pünktlich abfuhr.

„Ich komme gleich wieder".

Er sah Oma Ida von der Seite an.

„Aber ich muss hier aussteigen! Ich bin doch hier zu Hause."

Ihr stand die Panik im Gesicht.

Der Kontrolleur hatte jetzt keine Zeit für Diskussionen.

„Geben Sie mir das Kleingeld und dann steigen Sie aus", sagte er, "aber das nächste Mal kaufen sie vorher den Fahrschein!"

„Ja, bestimmt", flötete Oma Ida erleichtert, "danke".

Sie steckte den Geldschein wieder ein und stieg eilends aus dem Zug. Das war gerade noch mal gut gegangen, dachte sie und hatte schon Margarete vor Augen, der sie ihr brandaktuelles Erlebnis gleich am nächsten Morgen am Telefon erzählen wollte. Und was

Oscar wohl sagen würde, wenn sie ihm von dem Abend berichtete.

EIN HAUCH FERNOST

Oma Ida war mal wieder auf Reisen. Ihre Enkeltochter hatte vor einem Jahr ein Baby bekommen. Sie hatte ihre Urenkelin Tina noch nicht gesehen. In ein paar Tagen wurde sie schon ein Jahr alt werden. Sie sagte schon „Mama" und „Papa" und machte erste Gehversuche. Höchste Zeit, sie endlich kennen zu lernen. Ihre Enkelin Lisa wohnte weiter westlich an der Grenze des Landes. Die Regioalbahn brauchte über drei Stunden, wenn alles pünktlich verlief. Da konnte sie nicht am gleichen Tag wieder zurück fahren. Deshalb plante sie, drei, vier Tage bei ihr zu verbringen, während Oscar zu Hause die Katze betreute und den Garten in Ordnung hielt. Sie hatte ein kleines Köfferchen gepackt, einen Trolley, den sie bequem hinter sich her ziehen konnte.

Oben auf dem Trolley saß das Geburtstagsgeschenk, ein cremefarbener Plüschteddy. So einen hätte Oma Ida in ihrer Kindheit auch gerne gehabt. Zu jener Zeit aber waren die Teddybären nur außen kuschlig. Innen waren sie mit Holzwolle oder Stroh gestopft, was sie steif und ziemlich un-beweglich machte. Trotzdem hatte sie ihn geliebt, besonders die braunen Knopfaugen und die weichen Ohren. Letztere waren schon fast kahl gewesen, weil sie ihn immer daran herumgetragen hatte

Der Zug fuhr pünktlich ein. Er war, wie schon so oft, nicht voll besetzt. Oma Ida verstaute ihren Trolley unter der Sitzbank. Den Teddy setzte sie neben sich auf den freien Platz am Fenster. Sie saß lieber am Gang. Da zog es nicht so. Die beiden gegenüber liegenden Plätze waren noch frei, aber sie saß lieber in Fahrtrichtung. Weil die Fahrt diesmal etwas länger dauerte, hatte sie sich ein Buch mitgenommen und ihre Lesebrille. Ihre Tochter hatte ihr vor einem Jahr zum Geburtstag ein e-book geschenkt. Das war nicht so schwer zum Halten und nahm auch nicht so viel Platz weg. Aber es hatte den Nachteil, dass man vorher nicht genau sagen konnte, wann der Akku leer war und dann verabschiedete sich das Gerät vielleicht gerade an der spannendsten Stelle und man stand dumm da. Oma Ida las gern Krimis, vor allem die von Donna Leon, aber auch von Elizabeth George. Da wollte sie kein Risiko eingehen. Deshalb hatte sie sich für das gute alte Buch entschieden. Sie war so in die Lektüre vertieft, dass sie das Herannahen des Zugbegleiters nicht wahrgenommen hatte. Plötzlich stand er vor ihr und verlangte ihren Fahrausweis. Es dauerte eine kleine Weile bis sie sich orientiert hatte und begriff, dass sie jetzt nicht in die Fänge des Verbrechers geraten war. Der Mensch vor ihr bekundete ein berechtigtes Interesse an ihrem legalen Aufenthalt in diesem Zug. Dass er ein wenig verschwommen blieb, lag an ihrer Brille. Allmählich wurde ihr auch klar, was er von ihr wollte.

„Ich habe noch keine Fahrkarte. Die möchte ich jetzt erst bei Ihnen kaufen", sagte sie.

„Wann sind Sie denn zugestiegen?" fragte er. Nun musste sie ein bisschen flunkern, denn sie hätte natürlich gleich auf die Suche nach ihm gehen und ihr Anliegen vortragen müssen.

„In Bad Kleinen", antwortete sie. Das war der letzte Halt gewesen. Sie hatte das zufällig gesehen, weil ein Mensch mit einem großen Rucksack auf dem Rücken sie anrempelte. Dabei wäre ihr beinahe das Buch aus der Hand gefallen.

„Das macht dann 32,40 Euro".

Oma Ida öffnete den Reißverschluss ihrer Handtasche, um das Portemonnaie heraus zu nehmen. Sicher war es wieder ganz unten. Sie begann zu kramen, konnte es aber nicht finden. Nun wurde sie langsam nervös. Der Zugbegleiter auch. Er hatte schließlich noch mehr zu tun.

„Am besten räumen Sie erst einmal alles aus", empfahl er.

Oma Ida fand ihr Notizbuch, die Brillenhülle, ein Päckchen Tempotaschentücher. Sie legte alles auf den Sitz gegenüber, der noch immer frei war. Kalender, Lippenstift, Kamm, Brillenputztuch, Schokoriegel, Wohnungsschlüssel, ein Tütchen Schokolinsen, die ihre Enkeltochter so gern isst. Keine Geldbörse!

Der Zugbegleiter hatte währenddessen sechs weitere Fahrgäste kontrolliert und kehrte wieder zu ihr zurück.

„Na, Muttchen, noch nicht fündig geworden?"

Oma Ida trat der Angstschweiß auf die Stirn.

„Sie muss mir gestohlen worden sein! Oder habe ich sie irgendwo liegen gelassen?"

„Nun mal ganz ruhig. Wann haben Sie das gute Stück denn zuletzt in den Händen gehabt?"

Sie überlegte: Am Bahnhof war noch Zeit gewesen. Sie hatte beim Bäcker eine Streuselschnecke für die Fahrt gekauft. Am Zeitungskiosk hatte sie sich die neue „Wohnen im Grünen" angesehen, sie jedoch nicht erworben. Und danach? Ihr Blick fiel auf die Schokolinsen. Richtig, die hatte sie auch noch gekauft. Mehr nicht. Der Zug war gekommen und sie war eingestiegen. Wo konnte sie dann das Portemonnaie gelassen haben? Vielleicht in der Manteltasche. Oma Ida stand auf und krempelte die Manteltaschen um. Kein Portemonnaie. Sie sah den Zugbegleiter ratlos an. Was nun?

„Haben Sie es vielleicht in den Koffer gelegt?"

„Koffer?"

Richtig. Sie reiste ja heute mit Koffer. Aber warum sollte sie es dort hineingelegt haben? Höchstens in die kleine Klapptasche außen. Sie holte den Trolley unter der Bank hervor und überprüfte das Klappfach. Sie fand noch ein dünnes Schaltuch und ihre Sonnenbrille, aber keine Geldbörse.

„Da sehe ich nur noch eine Möglichkeit",

sagte der Kontrolleur, „ich nehme jetzt ihre Personalien auf und Sie erhalten dann Post von der Bahn mit der Aufforderung, den ausstehenden Fahrpreis zuzüglich Mahngebühr zu bezahlen."

In diesem Moment traf ihr Blick auf den Teddy, der sie unbeteiligt mit seinen schwarzen Knopfaugen ansah. Da fiel es ihr wie Schuppen von den Augen.

„Ich habe es!"

Sie schrie beinahe vor Erleichterung.

„Der Teddy hat`s!"

Der Zugbegleiter zog verwundert die Augenbrauen hoch, ließ sie aber gewähren, als sie den Teddy aus der Fensterecke zerrte und umdrehte. In seinem Rücken befand sich eine kleine Tasche mit einem Reißverschluss. Sie war für das Nachthemd oder den Schlafanzug gedacht, aber es war eben auch möglich, das

Portemonnaie hineinzustopfen, wie sie es in der Eile getan hatte. Dass ihr das nicht wieder eingefallen war! Das Gedächtnis war eben auch nicht mehr das, was es einmal war.

Eine Entschuldigung murmelnd, entrichtete sie nun den Fahrpreis, nahm seufzend das Ticket entgegen, das der Zugbegleiter kopfschüttelnd ausgestellt hatte und sank erschöpft auf ihren Sitzplatz. Etwas unwirsch setzte sie den Teddy wieder ans Fenster und schimpfte:

„Das hättest du mir aber nun auch wirklich sagen können!"

In Burg wurde sie schon erwartet. Ihr Schwiegerenkel, wie sie ihn nannte, holte sie vom Bahnhof ab.

„Das ist schön, dass Du da bist. Wir haben uns ja lange nicht gesehen. Du wirst staunen, was Tina schon alles kann." Er nahm Oma Ida den Trolley ab und verstaute ihn im Auto.

„Ich freue mich schon sehr, mein Urenkelchen endlich in die Arme schließen zu können", entgegnete Oma Ida.

„Du hast Dir wohl Verstärkung mitgebracht?", meinte er, mit einem leichten Grinsen auf den Teddy blickend, den Oma Ida auf ihren Schoß gesetzt und mit angeschnallt hatte.

„Von wegen Verstärkung, ein Lausebengel ist das", lachte sie und erzählte Justin von ihrem Erlebnis im Zug.

„Überhaupt scheint sich Bahnfahren bei mir zum Event zu entwickeln", fuhr Oma Ida fort und berichtete von ihrer Bekanntschaft mit dem Fahrkartenautomaten und Frau Emmrich. „Und da war auch noch die Sache mit dem 100 Euro-Schein, aber dafür konnte ich ja nun wirklich nichts."

„Wenn Du das nächste Mal mit dem Zug verreisen willst, kannst Du die Karte vorher im

Internet kaufen und ausdrucken. Dann bist Du immer auf der sicheren Seite", bemerkte Justin. Oma Ida guckte etwas konsterniert, sodass er sich bemüßigt fühlte ihr seine Hilfe anzubieten.

„Ich zeige Dir zu Hause mal, wie das geht."

Dort waren sie derweil angekommen. Lisa hatte sie schon gesehen und erwartete sie mit strahlendem Lächeln an der Wohnungstür. Weiter kam sie nicht, denn die kleine Tini klammerte sich an ihr Hosenbein und guckte neugierig auf die Ankommenden. Oma Ida um-armte Lisa kurz und beugte sich dann zu ihrer Urenkelin hinunter. Bevor sie jedoch etwas sagen konnte, hatte diese flink ihr Händchen ausgestreckt und mit einem Ruck Oma Ida die Brille von der Nase gerissen.

„Nicht so stürmisch, kleines Fräulein. Das ist ja eine ganz außergewöhnliche Begrüßung", lachte Oma Ida. „Jetzt sieht Dich die Uroma ganz verschwommen."

Oma Ida hockte sich vor sie hin und hielt ihr den Teddy entgegen. Der bekam sofort Tinis volle Aufmerksamkeit. Sie ließ Mamas Bein los und tapste ein Schrittchen auf Oma Ida zu, die ihr vorsichtig die Brille aus der Hand nahm und schleunigst wieder aufsetzte.

Der Teddy kam Tini ein Stück entgegen, aber als sie ihn an sich nehmen wollte, geriet sie ins Schwanken und zog es vor, sich auf ihren Po plumpsen zu lassen. Oma Ida lächelte.

„Was für ein hübsches Mädchen du bist", sagte sie. „Du hast die gleichen blonden Löckchen wie Dein Onkel Martin sie in dem Alter hatte." Tini blickte sie mit großen braunen Augen an. Sollte sie lachen oder weinen? Schließlich brachte sie ein schiefes Lächeln zustande und widmete sich dem Teddy.

„Nun komm doch aber erst mal rein. Ich habe schon den Kaffeetisch gedeckt und die Kaffeemaschine in Gang gebracht."

Lisa half Oma Ida aufzustehen. Diese konnte ein leichtes Ächzen nicht unterdrücken.

„Das Bücken fällt mir nicht allzu schwer, aber aus der Hocke komme ich nur mit Mühe wieder hoch", erklärte sie entschuldigend.

„Du bist noch immer topfit, Oma", entgegnete Lisa, „wer weiß, wie wir uns in Deinem Alter bewegen."

Justin hatte währenddessen Oma Idas Trolley ins Gästezimmer gebracht und schon den Kaffee eingeschenkt. Oma Ida verschwand noch kurz im Bad und setzte sich dann an den liebevoll gedeckten Kaffeetisch. Tini saß bereits in ihrem Hochstuhl und auch der Teddy hatte Platz am Tisch gefunden. Nach kurzem Geplänkel über das allgemeine Wohlbefinden, die letzten Neuigkeiten und das Wetter, eröffnete Justin Oma Ida, dass sie gleich heute Abend die Babysitterin geben musste.

„Wieso denn? Ich kenne Tina doch noch gar nicht richtig. Hoffentlich weint sie nicht, wenn sie sich statt ihrer Eltern einer alten Frau gegenübersieht. Wo wollt Ihr denn hin?"

„Du brauchst nicht gleich in Panik verfallen, Oma. Tina ist den Umgang mit fremden Menschen gewöhnt. Wir haben sie überallhin mitgenommen. Wir machen sie heute Abend noch bettfein und legen sie hin. Wahrscheinlich ist sie dann schon eingeschlafen, wenn wir losgehen. Einer unserer Freunde hat gerade seinen Masterabschluss gemacht und lädt uns zusammen mit anderen Freunden ins „Lotos" ein. Das ist ein chinesisches Restaurant."

„Wie schön! Gibt es ein Buffet oder esst Ihr à

la carte?"

„Wir lassen uns überraschen, aber chinesisch schmeckt immer. So oder so."

Lisa sah Oma Ida ein wenig verlegen von der Seite an.

„Ich hoffe, Du nimmst es uns nicht übel."

„Nein, nein", antwortete Oma Ida schnell. „Ich weiß doch, wie selten man als junge Eltern Gelegenheit zum Ausgehen hat und chinesisch ist wirklich verlockend. Habe ich Euch eigentlich mal erzählt, wie ich mit Opa, Tante Margarete und ihrem Mann Klaas Mitte der 80er in Warnemünde chinesisch essen war?"

„Ich kann mich nicht erinnern", sagte Lisa erleichtert. „Gab es denn da überhaupt schon solche Restaurants in der DDR?"

„Nicht so eins, wie Ihr es kennt. Aber es gab in Warnemünde eine Villa in der Schöllerstraße, die internationale Spezialitäten anbot. Sie gehörte zum Interhotel und war ein Geheimtipp. Ich glaube, es war zu Opas 45. Geburtstag, als wir zu viert einen Tisch im „Peking", dem asiatischen Gastbereich, nach mehreren vergeblichen Versuchen einen Tisch reservieren konnten."

„Gab es denn noch andere Bereiche?"

„Ja, natürlich, es gab noch das „Moskwa", das „Budapest" und das Sofia" – jeweils ein Bereich innerhalb der Villa, die nach außen hin als gastronomische Einrichtung überhaupt nicht zu erkennen war."

„Und dort gab es die jeweiligen landestypischen Gerichte?"

„Du sagst es, Justin. Im „Moskwa" Kiewer Koteletts zum Beispiel, im „Budapest" Paprikagulasch und im „Sofia" Kebabtscheta, aber auch andere nicht so bekannte Speisen."

„Was gab es denn im „Peking"? Peking-

Ente?", fragte Lisa.

„Wo denkst Du hin. Aber lasst mich der Reihe nach erzählen, denn es war für uns ein besonderes Erlebnis, ein Event, wie Ihr sagen würdet.

Wir wurden in einen mäßig erhellten Raum geleitet, der in vier Separees unterteilt war. Die Trennwände bestanden aus kunstvoll verziertem Mahagoni mit durchbrochenen Schnitzereien. Dort nahmen wir, zu zweit gegenüber sitzend, an einem viereckigen Tisch Platz. Auf dem weißen Tafeltuch stand ein dekoratives Blumengesteck. Kunstblumen allerdings, denn solche exotischen Blüten gedeihen bei uns nicht. Ich vermute, sie kamen aus Sebnitz. Der Ort war über die Landesgrenzen hinaus bekannt für seine Kunstblumen, die man kaum von natürlichen Gewächsen unterscheiden konnte. An jedem Platz stand eine fächerförmig gefaltete Serviette. Ein in einer Hülle steckendes Paar schwarz lackierter Stäbchen mit vergoldetem Rand lag auf einem kleinen Bänkchen aus Porzellan und ein säuberlich zusammengelegtes Tuch entpuppte sich als Lätzchen, das bis auf den Schoß reichte. Es dauerte auch nicht lange, bis eine grazile dunkelhaarige Person in langem, bis zum Boden reichenden, mit Orchideenblüten gemusterten Brokatkleid - vielleicht war es auch Seide - erschien und jedem Gast, mit einer Verbeugung, eine heiße Kompresse auf die Stirn legte. Wir entspannten bei leisen orientalischen Klängen aus einer unbekannten Quelle. Den Kopf nach oben haltend, bewunderten wir den roten Lampion mit den Goldfransen, aus dem ein schummriges Licht herabfiel. Nach zehn Minuten erschien die freundliche Serviererin erneut, nahm die nunmehr erkalteten Kompressen entgegen und reichte in kleinen Porzellanbechern einen Begrüßungstrunk."

„Pflaumenschnaps", meinte Justin wissend.

„Stimmt, aber den kannten wir zu jener Zeit noch nicht und mussten erst nachfragen. Die junge Frau mit dem tiefschwarzen Haar, von der wir annahmen, dass sie Vietnamesin sei, klärte uns auf und bat dann um unsere Bestellung.

"Wieso Vietnamesin?", wollte Lisa wissen.

„Weil zu dieser Zeit viele junge Vietnamesen in die DDR kamen, um eine kostenlose Ausbildung zu erhalten und dann in ihr Land zurückzukehren, damit sie dort arbeiten und ihr Wissen verbreiten konnten. Ich weiß nicht mehr, welche Auswahl wir hatten", fuhr Oma Ida fort, „Auf jeden Fall bestellten wir eine Hühnernudelsuppe, Hähnchenfleisch mit Reis und asiatischem Gemüse und Kompott als Nachspeise. Die Serviererin meinte, es würde ein bisschen dauern, denn das Restaurant sei voll besetzt. Sie verwies auf die Zettel, die unter den Stäbchen lagen und deren richtigen Gebrauch erläuterten und bat, schon mal die Lätzchen umzubinden. Letzteres taten wir zuerst und Tante Margarete wollte sich vor Lachen ausschütten, als sie Opa und mich mit dem Lätzchen sah. Dabei sahen sie und Klaas genauso belämmert aus. Die Serviererin hatte die Flasche mit dem restlichen Pflaumenschnaps auf dem Tisch stehen gelassen. Das war uns Recht, denn unser Aussehen musste begossen werden.

Als Nächstes studierten wir die Gebrauchsanweisung für die Stäbchen und begannen mit dem Training. Es war gut, dass das Essen noch nicht serviert wurde, denn der Umgang mit diesem Gerät bereitete einige Mühen und erforderte sehr viel Geschick. Die Flasche mit dem Pflaumenschnaps ging schon zur Neige, als es uns endlich gelang, die Serviette mit den Stäbchen anzuheben oder das Lätzchen in die richtige Position zu bringen. Ich will gar nicht von den Bemühungen berichten, die die Männer unternahmen, uns Frauen am Ohrläppchen zu zupfen oder eine Blüte von der Tischdekoration zu verlagern. Dann fiel uns auf, dass gar keine Löffel auf dem Tisch gelegen hatten. Womit sollten wir denn die Suppe essen? Auch mit Stäbchen? Wir wollten uns ausschütten vor Lachen."

„Hoffentlich wart Ihr nicht allzu hungrig, wenn das so lange gedauert hat", meinte Lisa.

„Na, ja, wir hatten ein abendfüllendes Programm, denn statt der Suppe kam zunächst ein Rechaud mit zwei Teelichten in die Mitte des

Tisches. Die Serviererin bat uns, die Enden der Lätzchen auf dem Tisch zu positionieren und stellte jedem einen flachen Teller darauf, sodass wir von nun an artig und mit geradem Rücken auf unseren Plätzen sitzen mussten. Die Stäbchen in der Hand, erwarteten wir gespannt das Essen. Es kam auf einem Teewagen hereingerollt, in Form einer Schüssel mit uns unbekannt aussehendem Gemüse in einer braunen Tunke und einer Platte kleiner, gebratener Hähnchenteile. Heute würde ich sagen, es war Chop Suey. Beides landete auf dem Rechaud. Daneben fanden noch eine große Schüssel mit Reis Platz und vier flache Schälchen mit kleinen rötlichgelben Kugeln, wahrscheinlich Litschi, denn die gab es ab und zu auch als Konserve im Gemüsehandel. Von dem Gemüse und dem Fleisch ging ein verlockender Duft aus. Nach der langen Wartezeit häufelten wir der Reihe nach, ohne lange zu zögern, eine ordentliche Portion Reis, Gemüse und Fleisch auf unsere Teller. Dann begann die mühsame Prozedur mit den Stäbchen. Das Gemüse flutschte zwischen ihnen hindurch. Die Hähnchenstücke entglitten. Der Reis war überhaupt nicht zu packen. Er musste „aufgeladen" werden. Bloß gut, dass wir Lätzchen hatten, die auf dem Tisch lagen, sodass wir nicht auch noch den Boden nach Heruntergefallenem abzusuchen brauchten. Wir quälten uns redlich ab, hatten aber auch viel Spaß dabei. Klaas war der Erste, dem die Angelei reichte. Er nahm sich kurzerhand den großen Löffel aus der Gemüseschüssel und kam gut damit zurecht. Opa machte es ihm mit dem Löffel aus der Reisschüssel nach. Nur Margarete und ich wollten nicht klein beigeben und „gabelten" weiterhin."

„Huh", machte Lisa. Da hat es ja unsere kleine Tini-Maus besser!"

„Ja, aber sie hat bestimmt nicht so viel Spaß wie wir und ob sie sich nach Jahren noch daran erinnert, ist auch fraglich."

„Was war denn nun mit der Suppe?", wollte Justin wissen.

„Richtig. Die Suppe. Wir dachten, die Serviererin hätte wohl vergessen sie zu bestellen, aber als wir schon satt waren und eigentlich noch einen Schnaps hätten vertragen können, bekamen wir die Hühnernudelsuppe. Wir brauchten sie weder mit Stäbchen noch mit den Fingern zu essen. Es steckten kleine Porzellanlöffel mit kurzem Stiel in der Suppe. Außerdem wurden wir dahingehend belehrt, dass in Asien die Suppe immer den Abschluss bilde.

Das fanden wir sehr viel später bei unseren

Reisen nach China und Vietnam allerdings nicht bestätigt. Es war auf jeden Fall ein besonderes Erlebnis. Die Stäbchen durften wir sogar behalten und wir bekamen dazu noch einen Jahreskalender aus dünnem, mit chinesischen Schriftzeichen und exotischen Blüten umrandeten Bambus. Für Euch ist asiatisches Essen Normalität geworden. Beinahe in jedem Städtchen gibt es mittlerweile einen Asia-Imbiss oder ein Restaurant mit dem dicken Buddha als Türhüter. Ihr werdet trotzdem Spaß haben. Ich wünsche Euch jedenfalls guten Appetit und viel Vergnügen."

Der Kaffee war inzwischen kalt geworden und den Kuchen hatten Lisa, Justin und Tini fast aufgegessen. Aber die Erinnerung an dieses Erlebnis war es Oma Ida wert.

ESSET UND TRINKET
SOVIEL IHR KÖNNT

Seit ihrem letzten gemeinsamen Urlaub waren schon etliche Jahre vergangen. Aber Oma Ida erinnerte sich noch gern daran, wie sie mit Margarete kurz nach der Wende eine Busfahrt an die Mosel und den Rhein unternommen hatten. Dass es sich dabei um eine Werbeverkaufsfahrt gehandelt hatte, war ihnen bei der Buchung nicht bewusst gewesen. Sie kannten so etwas nicht. Deshalb waren sie erst erstaunt und dann verärgert, als sie in Cochem statt eines Stadtrundgangs in eine ausgebaute Scheune geführt wurden und im Verlauf mehrerer Stunden mit den Vorzügen einer Lama-Schlafdecke geradezu überwältigt wurden. Eine attraktive Blondine begründete sehr eindringlich die Notwendigkeit einer solchen Anschaffung, wenn man sich weiterhin einer guten Gesundheit erfreuen wollte. Als Beispiel führte sie ihre 93-jährige Mutter an, die angeblich nach einem Jahr unter dieser wohltuenden Lama-Decke vom Rheuma geheilt war, nachdem sie das bewährte Federkissen mit selbiger getauscht hatte. Sie schreckte auch nicht davor zurück, sich auf einen Tisch zu legen und zu demonstrieren, wie selbst aus den Resten der Lamawolle noch ein vorzügliches Kopfkissen in Form eines Huhnes das Wohlbefinden des Schläfers förderte, indem er den Kopf in die Rückenbeuge des Huhnes legte. Nicht wenige der Mitreisenden, zumeist ältere Menschen aus dem Osten, waren begeistert und bereit, ihre gerade erst erworbenen DM für so ein wert-volles Stück „Gesundes Leben in Freiheit" auszugeben. In der Mittagspause hatten sich Oma Ida und Margarete davongemacht und eigenmächtig einen Spaziergang an der Mosel unternommen. Da die Scheune aber noch außerhalb der Stadt lag, sahen sie so gut wie nichts von dem Städtchen. Sie wagten es nicht, sich allzu weit zu entfernen, denn sie durften das Ende der Veranstaltung und die Weiterfahrt mit dem Bus keinesfalls verpassen. Damals hatten sie sich vorgenommen, zu einem späteren Zeitpunkt noch einmal in diese reizvolle Gegend zu reisen. Bei ihrer Rückkehr näherte sich die Verkaufsaktion bereits ihrem erfolgreichen Ende. Ihr Verschwinden war jedoch nicht unbemerkt geblieben und so wurden sie mit einem zornigen Blick der Blonden und wenig schmeichelhaften Worten empfangen und unverhohlen aufgefordert, doch ein gewisses Kaufinteresse zu bezeugen.

Das ärgerte sie. Aber sie hatten auch ein schlechtes Gewissen. Deshalb erwarben sie, jede für sich, ein Schlafhuhn, das sie Renate nannten und später an die Enkelkinder weiterreichten. Der Rest der Fahrt war dann auch noch sehr schön gewesen. Sie hatten in Koblenz am Deutschen Eck den Zusammenfluss von Mosel und Rhein gesehen und nach der Übernachtung in einer einfachen Pension bei einer Dampferfahrt auf dem Rhein die Burgen und Schlösser bewundert, die Lorelei singen gehört und nach der Weiterfahrt mit dem Bus einen Bummel durch Rüdesheim gemacht. Auf der Rückfahrt hatte der Fahrer noch einen Abstecher zum Flughafen Frankfurt mit Besichtigung eines der vielen Terminals gemacht, was für die Teilnehmer schon beinahe quälend war, denn sie waren seit den frühen Morgenstunden auf den Beinen. Darüber hinaus konnten die meisten Mitreisenden dem nicht viel abgewinnen, denn sie kannten zumeist noch nicht einmal den Flughafen Berlin-Schönefeld. Doch wer ihn kannte, glaubte, dass dieses eine Terminal, das sie besichtigten, nicht viel kleiner war als die Abfertigungshalle des gesamten ihnen bekannten „Weltflughafens".

„Weißt Du noch, wie wir zu der Werbeverkaufsfahrt an Mosel und Rhein waren?", fragte Oma Ida nun.

„Wie kann ich das vergessen", antwortete Margarete, „das Huhn Renate sitzt immer noch bei Miriam auf dem Bett."

Miriam war Margaretes Enkelin.

„Da hat es sich aber gut gehalten. Ich glaube, meins ist längst in irgendeiner Mülltonne gelandet."

„Lassen wir ihm seinen Frieden. Wollen wir in

diesem Jahr endlich unser Vorhaben verwirklichen und noch einmal an die Mosel fahren?"

„Darauf wollte ich hinaus."

Oma Ida hatte auch schon einen Vorschlag parat.

„In Mechtheim habe ich eine Winzerei ausfindig gemacht, die auch zu einem günstigen Preis Gästezimmer vermietet. Wir könnten Ende September, wenn Oscar zur Kur fährt, zur Weinlese fahren. Was hältst Du davon?"

„Das hört sich gut an. Klaas ist bestimmt auch einverstanden. Er wollte schon immer mal mit seinem Kumpel eine Segeltour entlang der Insel Hiddensee unternehmen. Das könnte zeitlich noch passen. Kümmerst Du Dich um die Buchung?"

„Ich habe schon mal vorgefühlt. Wir können in der letzten Septemberwoche Quartier bekommen."

Mit der Winzerei hatten sie es gut getroffen. Es war ein kleines Familienunternehmen und beherbergte nur vier Gäste. Die Kinder der Wirtsleute wohnten im gleichen Ort und den Eltern gehörte das „Café Weinlaube" unten an der Mosel. So kam es, dass sie im Verlauf ihrer Urlaubstage peu à peu die ganze Familie kennenlernten und viele gute Ratschläge für ihren Tagesablauf erhielten. Sie hatten schon eine Schiffsfahrt auf der Mosel unternommen, dabei mehrere Staustufen überwunden und die nicht enden wollenden Weinberge bewundert. Sie waren ganz verliebt in das bezaubernde Städtchen Bernkastel-Kues, hatten in Cochem die mit rotem Weinlaub berankte Burg besichtigt und den ersten Federweißer mit Zwiebelkuchen probiert. Eine Fahrt in die Diamantenmine nach Idar-Oberstein und nach Saarburg zur Saarschleife stand noch auf ihrem Programm.

„Möchten Sie vielleicht mal an einem Rittermahl teilnehmen?"

Der Sohn der Winzerin arbeitete auf der Burg als Koch und konnte Oma Ida und Margarete kurzfristig Karten zu diesem begehrten, wenn auch nicht ganz billigen Event besorgen. Begeistert sagten sie zu.

„Großes Gelage an der Rittertafel in der Alten Burg zu Wenguich" stand auf der Einladung. Eine Besichtigung der Burg, deren interessantes Gemäuer sie aus ihrem Zimmerfenster auf der gegenüber liegenden Seite der Mosel schon wiederholt bewundert hatten, sollte das letzte Ziel ihrer Reise an die Mosel sein. Wenn das nun auch noch mit einem fürstlichen Abendessen gekrönt werden würde, konnte es keinen besseren Abschluss ihres

Urlaubs geben.

Als der Abend gekommen war, setzten sie mit der Fähre über den Fluss und waren schon nach wenigen hundert Metern eines ziemlich steil bergauf führenden Weges am Fuße der Burg angekommen. Hier versperrte ihnen ein schmiedeeisernes Tor den weiteren Zugang. Aber sie waren nicht die Einzigen. Zwei Touristengruppen und etliche Einzelpersonen und Paare begehrten ebenfalls Einlass. Margarete sah auf ihre Uhr. Es fehlten nur wenige Minuten bis 20.00 Uhr.

"Die nehmen es aber genau", sagte sie und erschrak, als im selben Moment Fanfarenklänge den Beginn des Festes ankündigten. Das Tor wurde von zwei Knappen in dunklen Hosen, weißen Hemden und einem Überwurf aus weinrotem Samt mit einem gestickten Wappen sowie einem Barett auf dem Kopf geöffnet.

Hinter ihnen erschienen zwei „Burgfräulein" in langen bestickten Röcken, weißen Blusen mit Puffärmeln und tiefem Dekolleté. Ihre Häupter waren von einer spitz zulaufenden „Zuckertüte" mit herabfallendem Schleier bedeckt. Sie kontrollierten die Einladungen und baten die Gäste zunächst in den Vorhof der Burg.

„Dralle Deerns, die „Burgfräulein", kommentierte Oma Ida ihr Erscheinen.

„Sie sehen nicht gerade nach zarter Stickerei und Zitterspiel aus."

„Aber hübsch sind sie trotzdem. Sieh nur die Dunkelhaarige mit den langen Locken. Das war bestimmt mal eine Weinkönigin."

„Aber sieh mal, Margarete, wer uns erwartet."
Mitten auf dem Burghof stand neben einer uralten Zeder der Burgherr. Er war ganz in einen Umhang aus rotem Samt gehüllt und nur

das schwarze Ritterkreuz und sein Gebaren verrieten, dass sie es mit dem Herrn der Burg zu tun hatten. Die unter dem Mantel befindlichen schwarzen Kniehosen und Strümpfe sowie das Wams mit dem gestickten Wappen derer von Wenguich blieben vorerst verborgen. Zum Zeichen seiner Würde trug er eine Hellebarde mit deren Hilfe er die Gäste nach freundlicher Begrüßung zum Rundgang durch die Burg geleitete. Begleitet wurde der Zug von drei Knappen mit Trommelwirbel und Fanfarenklängen. Nachdem der Burgkeller mit den erlesenen Weinen, das gemütliche Burgcafé mit reichhaltigem Kuchenangebot und ein kleines Burgmuseum die Aufmerksamkeit und Anerkennung der Besucher gefunden hatten, gelangten sie in den großen Rittersaal, wo sie an langen, festlich gedeckten Holztischen Platz nahmen.

Margarete hatte Oma Ida gleich zielstrebig ans Ende einer Tafel mit dem Rücken zur Wand gelotst, sodass sie das ganze Gewölbe überblicken konnten. Linkerhand befand sich eine in den Fels gemauerte Nische, in die eine dreistufige Treppe führte. Hier nahmen neben einem geharnischten Ritterstandbild zwei Knappen mit ihren Instrumenten Aufstellung. Während andere Gäste noch nach einem Platz suchten, begutachtete Oma Ida die Tafel. Die schweren Silberleuchter, die im Abstand von jeweils zwei Metern die Tafel erhellten, wollten nicht so recht zu dem spartanischen Gedeck passen, das Oma Ida auf ihrem Platz vorfand.

Sie stieß Margarete in die Seite, die ganz verzückt die jungen Bläser betrachtete.

„Guck Dir mal an, wie wir heute speisen".

„Na, wie denn? Zünftig, nehme ich an", entgegnete sie etwas ungehalten, sah dann aber doch auf den Tisch. Vor ihr lag auf einer Platzdecke aus bedrucktem Papier quer über einem hölzernen Schneidebrett ein Steak-messer. Daneben lag ein gefaltetes Lätzchen aus Leinen. Ergänzt wurde das Ganze mit einem irdenen Bierseidel und einem Steingutbecher.

„Sieht sehr rustikal aus. Eben so, wie bei den alten Rittersleut´“.

Margarete grinste zufrieden und drehte sich wieder zu den Knappen um, die just in diesem Moment in die Fanfaren bliesen, um die Rede des Burgherrn anzukündigen.

Er beließ es bei einer kurzen Abhandlung der Familiengeschichte und der Burg und kam zum Schluss mit den Worten: „Edle Gäst´. Nun esst und trinkt so viel ihr könnt und habt eine schöne Zeit“.

Unterdessen waren die Becher gefüllt worden

mit dem Begrüßungstrunk, einem Honigwein nach altem Rezept.

Oma Ida hatte sich unauffällig weiter in dem Gewölbe umgesehen und eine Reihe alter Wappen und mehrere Köpfe ausgestopfter wilder Tiere entdeckt. Die quer durch den Saal verlaufenden tragenden Balken hielten einen riesigen verschnörkelten Metallring, an dem winzige Glühbirnen eigenwillige Schatten warfen. In den Ecknischen standen Attrappen gerüsteter Ritter mit Schwert und Harnisch und überwachten das gesellige Treiben.

„Ida, träum` nicht. Die Vorspeise kommt schon und Du hast noch nicht einmal das Lätzchen umgebunden."

Die Burgfräulein hatten sich ihrer Zuckertüten entledigt und trugen nun weiße Leinenhauben, die ihnen besser standen. Sie stellten Körbchen mit duftendem frischen, noch warmem Brot auf die Tafel und servierten danach eine „Fleischpastete nach Art der Burgjäger". Jeder Gast erhielt eine dicke Scheibe Pastete und einen Klecks „kalter Tunke aus den Früchten des Wenguicher Waldes".

„Und nun?" Margarete sah unsicher auf das Fleisch auf ihrem Holzbrett.

„Nun speist Du wie die Jäger des Waldes. Mit den Fingern oder in Scheiben geschnitten und aufgespießt mit dem Messer", meinte Oma Ida gleichmütig.

Die hübsche Dunkelblonde hatte inzwischen nach dem begehrten Getränk gefragt und die Humpen mit Hauswein gefüllt.

Der Burgherr hatte sich seines Umhanges entledigt und zu einer Klampfe gegriffen. Er verstand sich jetzt als Bänkelsänger und unterhielt die Gesellschaft mit Balladen und Minneliedern.

Gerade als der letzte Ton eines melancholischen Liebesliedes verklungen war, erschallten die Fanfaren und kündigten die Suppe an. Sie wurde, noch dampfend, in irdenen Schüsselchen dargeboten. Ein würziger Duft nach Liebstöckel und Thymian durchzog das Gewölbe.

Oma Ida und Margarete blickten in die Runde und hoben dann, nach dem Vorbild ihrer Tischnachbarn, die Schüssel zwischen Daumen und Mittelfinger geklemmt, die Suppe an den Mund und schlürften vorsichtig die heiße Brühe.

„Das ist ja kreuzgefährlich", flüsterte Margarete, „da sind gleich mehrere Körperteile in Gefahr, die Finger, die Lippen und die Zunge."

„Musst ein bisschen pusten, dann gehts, aber sei vorsichtig."

„Schmeckt aber vorzüglich."

Der Herr Ritter hatte sich derweil umgezogen und trug nun ein gelb und braun gestreiftes Wams mit dem Wappen derer von Wenguich auf Brust und Rücken. Das Barett hatte er abgenommen und ein blonder, leicht gelockter Schopf war zutage getreten.

„Mit dem schwarzen Barett hat er mir besser gefallen", meinte Margarete.

„Ja, jetzt sieht er eher wie ein Minnesänger aus", gab Oma Ida zurück.

Als ob das Stichwort gefallen wäre, hob der Sänger die Klampfe und die Stimme und gab weitere Balladen zum Besten.

Mit einem Trommelwirbel und lautem Tarä, Tarä, Tatatarä wurde der Hauptgang angekündigt. Zwei kräftige Burschen trugen auf einer Holzpritsche ein knusprig über Buchenholz geräuchertes Schwein in den Saal. Es war klar, dass einige Gäste enthusiastisch aufsprangen und den Einzug der Grillmeister samt Sau fotografieren wollten. Allein, das Filmen und Fotografieren waren nicht gestattet. Trotzdem gelang dem Einen oder Anderen ein Schnappschuss. Auch Oma Ida war erfolgreich. Es zahlte sich aus, dass sie ganz vorne saßen.

Bevor das Tier zerlegt werden durfte, weihte der Burgherr den Braten mit einem Becher Klaren. Dann wurde es fachgerecht in dicke Scheiben geschnitten und an die Gäste verteilt. Die Mägde hatten schon große Schüsseln mit Speckkartoffeln und eingelegten Senfgurken auf den Tischen verteilt. Nun ging`s ans große Schmausen. Zwar waren nach Martin Luther das Schmatzen und Schlürfen erlaubt, aber der Herr von Wenguich zog es doch vor, selbst für die Geräuschkulisse zu sorgen. Sein Repertoire an Minneliedern wollte dazu aber nicht so recht passen. Deshalb tauschte er die Klampfe mit einer Gitarre und ging zu schwungvollen volkstümlichen Gesängen über.

„Jetzt weiß ich auch, wozu die Wassernäpfe überall auf der Tafel stehen", raunte Oma Ida Margarete zu und schob sich das letzte Stück Braten in den Mund. Genüsslich leckte sie sich die Finger ab und tauchte sie in eine solche Schale, bevor sie sich zwei Servietten aus dem Halter angelte und sie trocken rieb.

"Das war lecker!"

„Und reichlich! Ich könnte jetzt einen Schnaps vertragen."

Margarete sah sich suchend um. Der Mundschenk stand schon mit einer Flasche aus Steingut bereit. Darauf war zu lesen: „Kräuterhexe", ein „Magenwohltäter aus dem Ritternapf", selbstverständlich nach einem alten Rezept des Fräulein von Soundso. Es dauerte aber noch geraume Zeit, bis sie an der Reihe waren, denn es gelüstete auch die anderen Gäste nach dem bekömmlichen Nass. Diesmal saßen sie am falschen Ende.

Die Stimmung an der Tafel hatte sich merklich aufgeheitert. Der Ritter von Wenguich war zu Schunkelliedern übergegangen, die von den meisten Gästen mitgesungen wurden. Die Nachbarn wurden untergehakt und dann wurde eifrig geschunkelt. Der Burgherr gab die Richtung vor und dirigierte auch das Aufstehen und Hinsetzen bei dem bekannten „Laurentia". Nach einer kurzen Pause, in der die Vorbereitung auf die Nachspeise – ofenfrischer Apfelkuchen vom Blech – getroffen wurde, gingen Knappen von Gast zu Gast und boten Schnupftabak an. Das ältere Ehepaar, das Oma Ida und Margarete gegenüber saß, blickte verunsichert von einem zum anderen.

Es waren Gäste aus Amerika, wie sie von deren Begleitern erfuhren.. Schnupftabak? So etwas kannten sie nicht.

„Nehmen Sie ruhig eine Prise", ermutigte sie Oma Ida, die sich ein wenig damit auskannte, denn ihr Onkel Franz hatte „geschnupft".

„Lassen Sie sich etwas Pulver auf die geschlossene Faust geben und ziehen Sie es vorsichtig durch die Nase", riet sie und machte es ihnen auch gleich vor. Dass sie danach kräftig niesen musste, gehörte dazu. Die beiden Ausländer probierten es ebenfalls. Vielleicht war die Prise ein wenig üppig ausgefallen. Die Dame hatte es vorgezogen , nur an dem grauen Pulver zu schnuppern und die Hälfte davon noch an der Nasenspitze. Der Herr hatte einen tiefen Zug gemacht, was ihm sofort Tränen in die Augen trieb und zu einem Niesanfall führte. Er kam aus dem

Niesen gar nicht mehr raus. „Oh, my God!“, stöhnte die alte Dame. Sie bekamen kaum noch Luft zwischen Niesen und Lachen, denn es sah doch zu komisch aus. Gelächter gab es inzwischen reihum an der Tafel, denn auch die meisten anderen Gäste waren keine geübten „Schnupfer“. In der allgemeinen Erheiterung versuchte der Burgherr, sich Gehör zu verschaffen, musste aber letztlich doch die Fanfarenbläser bemühen, deren Tätärätä die illustre Gesellschaft etwas zur Ruhe brachte.

Der Herr des Hauses, Ritter und Troubadour, hatte Wichtiges zu verkünden. Einer der Gäste sollte zum Ritter geschlagen werden. Das Los fiel auf einen jungen Mann, der bereits durch allerlei Späße beim Rundgesang aufgefallen war. Bevor jedoch der Ritterschlag erfolgen konnte, galt es, drei Prüfungen zu bestehen. Die Knappen, Mägde und der Mundschenk nahmen Aufstellung zu seiner Rechten und überwachten den Prüfling. Als Erstes bekam er eine Laubsäge in die Hand, mit der er einen meterlangen, aber nur 15 cm dicken Ast in drei Stücke zerlegen sollte. Er entledigte sich seines Sakkos und krempelte die Ärmel hoch. Seine Statur ließ nicht ohne Weiteres auf einen sportlichen Typ mit handwerklichen Fähigkeiten schließen. Es erschien mühsam, aber die drei Stücke lagen schließlich doch am Boden. Die nächste Aufgabe bestand darin, einen Krug Wein ohne abzusetzen auszutrinken. Das fiel dem Probanden etwas leichter, aber die folgende letzte Aufgabe erforderte noch einmal volle Konzentration und Treffsicherheit, denn es galt, eine Armbrust zu spannen und einen Pfeil auf einer Dartscheibe zu platzieren. Die Armbrust entstammte offenbar einem Spielwarenladen, denn echte Armbrüste wurden meist unter Verschluss gehalten. Mit hilfreicher Unterstützung durch einen gerüsteten Knappen gelang dem jungen Mann auch diese schwierige Übung. Nun hieß ihn der Burgherr niederknien, legte ihm ein rotes Schultertuch mit dem Ritterkreuz um und erteilte ihm mit blitzendem Schwert den Ritterschlag auf die linke Schulter. Unter ohrenbetäubendem Beifall der Gästeschar verbeugte sich der „Jüngste Ritter der alten Burg zu Wenguich" und gelobte seinem Herrn Gehorsam und Treue. Die Fanfaren ertönten und ein Trommelwirbel unterstrich den festlichen Akt. Beinahe erschöpft von der Aufregung widmeten sich die Gäste, einschließlich Margarete und Oma Ida, dem duftenden Kaffee und Apfelkuchen, die mittlerweile ausgegeben worden waren. Der junge Ritter durfte zurück an seinen Platz und wurde aufs Heftigste von seinem Umfeld begrüßt und beglückwünscht. Der Bänkelsänger nahm die musikalische Unterhaltung wieder auf und gab einige Operettenarien aus dem „Zigeunerbaron" und der „Lustigen Witwe" zum Besten, aber die Aufmerksamkeit des Publikums hatte doch merklich nachgelassen. Ein Blick auf die Uhr zeigte wenige Minuten vor Mitternacht. Die Mägde reichten Käsehäppchen, um den Magen zu schließen. Es war an der Zeit, das festliche Gelage zu beenden. Erneut waren es die Fanfaren, die das Signal zum Aufbruch gaben. Der Burgherr hatte seinen roten Mantel wieder umgehängt und zur Lanze gegriffen. Die Gästeschar formierte sich zu einem langen Zug und wurde unter dem Geleit der Mägde und Knappen von dem vorangehenden Hausherrn aus dem Gewölbe in den mondbeschienenen Burghof geführt, wo sich die Gäste mit herzlichen Dankesworten und viel Lob für Küche und Kultur verabschiedeten.

Oma Ida und Margarete hatten sich ein Taxi bestellt, denn die Fähre hatte den Betrieb längst eingestellt und bis zur nächsten Brücke über die Mosel waren es mehr als 20 Kilometer.

„Diesen Abend werde ich wohl nie vergessen", waren Oma Idas Worte, ehe sie, erschöpft von der Völlerei und den vielen neuen Eindrücken in ihr Bett fiel. Margarete nickte nur.

ENDE GUT - ALLES GUT

Oma Ida hatte verloren, wieder einmal. Es kam selten vor, dass sie als Siegerin beim Romméspiel hervorging. Margarete war viel zu schnell beim Klopfen und Irene sammelte alles, auch wenn sie es selbst nicht für ihr Spiel brauchte. Nur Sabine, ihre Reisebekanntschaft aus Schwerin, löste sie mitunter als Verliererin ab. Trotzdem war Oma Ida mit sich und der Welt zufrieden. Die stundenlangen Vorbereitungen für das Drei-Gänge-Menü hatten sich gelohnt. Seit einem Jahr spielten sie nun schon regelmäßig einmal im Monat Rommé, immer reihum. Anfangs hatten sie sich am Nachmittag getroffen. Sie hatten gemeinsam Kaffee getrunken, dann drei Runden gespielt und zu Abend gespeist. Als es auf den Winter zuging und die Abende immer schneller dunkel wurden, hatten sie beschlossen, mit dem Mittagessen zu beginnen, die Kartenrunden folgen zu lassen und sich nach dem Kaffee zu verabschieden. So brauchten sie nicht im Dunklen durch die Welt zu kutschen.

Aus dem anfänglichen kleinen Imbiss waren mittlerweile umfangreiche Menüs geworden. Jede wollte die anderen übertreffen und etwas Besonderes anbieten. Obwohl sie alle gut kochen konnten und Hausmannskost gewöhnt waren, probierten sie doch immer wieder neue Rezepte aus, sodass sich die Rommérunden allmählich zu Gourméttests entwickelten.

„Du wolltest uns noch das Rezept für die Rote-Bete-Suppe geben", sagte Irene und schob sich das letzte Stück Mandarinen-Kokos-Kuchen in den Mund.

„Ja, die war köstlich. Aber der gefüllte Pizza-braten war auch nicht schlecht. Vielleicht pro-biere ich den mal, wenn meine Kinder kom-men", meinte Sabine.

„Mein Hit waren die süßen Mohnknödel mit Himbeeren", ließ sich Margarete verlauten und das war sonnenklar, denn sie liebte nun mal

Desserts jeglicher Art.

„Möchte noch jemand einen Verdauer?"

Oma Ida sah fragend in die Runde.

„Ihr müsst ja noch nicht gleich fahren. Das Wetter ist heute so schön. Da können wir noch gemeinsam den Sonnenuntergang im Garten genießen."

„Macht das", sagte Sabine, „aber ich will los. Morgen früh muss ich wieder zeitig raus. Die neue Teelieferung kommt und der Fahrer ist immer in Eile. Da muss ich noch einiges vorbereiten."

Sie trank ihren Kaffee aus und verabschiedete sich mit dem Wunsch, das nächste Mal Gewinnerin beim Rommé zu werden.

Der kurze Spaziergang bis zu Oma Idas Schrebergarten tat den verbliebenen drei Spielerinnen gut, aber auf den Verdauungsschnaps wollten sie trotzdem nicht verzichten. Oma Ida hatte immer einen kleinen Vorrat Jägermeister in ihrer Laube. Sie holten sich die Auflagen aus dem Häuschen und setzten sich zu dritt in die Hollywoodschaukel mit Blick auf den Bodden.

„Prost auf den erfolgreichen Tag und den schönen Abend". Oma Ida setzte das Fläschchen an und trank es in einem Zug aus. Margarete und Irene taten es ihr nach.

„So lasse ich mir das Leben gefallen", ertönte eine Stimme aus dem Nachbargarten.

„Na, Euch scheint es aber auch nicht schlecht zu gehen", antwortete Oma Ida, die sich an die niedrige Hecke begeben hatte, die das benachbarte Gartengrundstück von dem ihrigen trennte. Die Nachbarin, Ingeborg Reisig, saß, gemeinsam mit ihrem Mann, und ihrer Enkeltochter nebst Freund im Kreis um eine Feuerschale mit einem Weinglas in der Hand und prostete ihr zu. Ihr Mann und die beiden jungen Leute schienen in ein lustiges Gespräch vertieft, denn sie lachten und prusteten und nahmen keine Notiz von ihr. Der junge Mann rauchte eine Zigarette, die er zu Oma Idas Verwunderung in eben diesem Moment an Erich Reisig weiterreichte. Der nahm einen tiefen Zug und übergab sie an seine Enkeltochter. Oma Ida schaute ihre Gartennachbarin erstaunt an und fragte: „Seit wann raucht Erich denn?"

Frau Reisig hob vielsagend die Augenbrauen und wisperte: „Er raucht nicht. Er pafft."

Herr Reisig stieß kleine Rauchwölkchen aus und grinste. Die jungen Leute amüsierten sich.

„Ist das Hasch?", wollte Oma Ida wissen.

„Hm."

„Willste auch mal ziehen?"

Erich war aufgestanden und kam mit der

brennenden Zigarette an die Hecke.

„Na klar", entgegnete Oma Ida. „Ich wollte schon immer mal wissen, wie das ist, wenn man hascht."

Erich reichte ihr die Zigarette und Oma Ida nahm einen kleinen Zug.

„Du musst richtig in die Lunge ziehen. Sonst wird das nichts."

Oma Ida versuchte es noch einmal, verschluckte sich und musste kräftig husten. Der Rauch schmeckte bitter. Die Augen tränten und die Nase lief. Entsetzt gab sie die Zigarette zurück.

Die jungen Leute wollten sich ausschütten vor Lachen und auch Erich grinste über beide Ohren.

Das hatte sie nun von ihrer Neugier. Nichts als Schadenfreude. Margarete und Irene waren währenddessen auch näher gekommen und hatten das Dilemma mit angesehen.

„Alter schützt vor Torheit nicht", konnte Margarete sich nicht verkneifen zu bemerken.

„Einen Versuch war es jedenfalls wert."

Oma Ida hatte sich wieder erholt und lächelte. Sie fühlte sich irgendwie leichter und ging beschwingt zu ihrem Lieblingsplatz in der Hollywoodschaukel zurück.

„Ihr hättet auch mal probieren sollen", sagte sie leichthin.

„Du landest noch auf dem Polizeirevier, wenn Du so weitermachst", meinte Margarete kopfschüttelnd. „Hasch ist verboten und Du unterstützt das noch."

„Hi, hi, ein Besuch auf einer Polizeiwache und eine Nacht in der Zelle wären in der Tat eine Erfahrung, die mir bis jetzt noch fehlt."

Oma Ida fand den Gedanken lustig.

„Dann geht es Dir so, wie der Schwarzfahreroma aus Dietenbüttel.“

„Welche Schwarzfahreroma? Und wo liegt Dietenbüttel?“

Oma Ida hatte noch nie von ihr gehört und auch Irene kannte sie nicht.

„Es stand in der Zeitung. Kurz vor Weihnachten. Da haben sie im Süden der Republik eine alte Dame von 84 Jahren festgenommen, die wiederholt ohne Fahrschein durch die Gegend gereist ist. Sie haben sie wohl eine ganze Zeit lang beobachtet, aber sie konnte ihnen immer wieder entwischen. Die Festnahme hatte einen Sturm von Protesten ausgelöst, weil man es nicht für möglich hielt, dass eine alte Dame vorsätzlich ohne Fahrschein auf Reisen geht. Ich glaube, man hat sie psychologisch untersucht und zu den Feiertagen wieder freigelassen.“

„Das ist ja schrecklich.“

Oma Idas Rausch war verflogen. Sie musste daran denken, wie es ihr gegangen war, als sie selbst ohne Fahrausweis im Zug unterwegs gewesen war.

„Wie sie das wohl gemacht hat?", fragte Irene.

„So schwer ist das wohl nicht, wenn man es darauf anlegt. Man kann sich auf der Toilette einschließen und warten, bis der Zugbegleiter vorbei ist. Oder man steigt kurz vor der Kontrolle aus und in einem anderen Abteil wieder ein. Oder man gaukelt dem Schaffner etwas vor von Unwissenheit und hat dann kein Geld zum Bezahlen."

„Na, ich weiß nicht. So einfach ist das dann ja wohl doch nicht."

„Vielleicht hat sie auch einfach nur ein paar Mal Glück gehabt und ist dann leichtsinnig geworden."

„Oder sie ist so arm, dass sie sich eigentlich

keine Fahrt leisten kann und hat es einfach darauf ankommen lassen."

„Wir werden es wohl nicht aufklären", beendete Oma Ida das Rätselraten und nahm sich vor, nie wieder ohne gültigen Fahrausweis in einen Zug zu steigen. Schließlich hatte ihr Enkelsohn ihr ja gezeigt, wie man über das Internet unkompliziert zu einem Fahrschein und sogar zu einem Sitzplatz kommt.

Mit einem Mal fühlte sich Oma Ida erschöpft. Sie ließ sich sich in einen Liegestuhl fallen und schloss die Augen. *Nur für einen Moment*, dachte sie. *Solange die beiden anderen die Runde durch den Garten machten und meine Beete begutachten.*

Da hat Oma Idat eine Vision.

Der Zugbegleiter überrascht sie mitten im Schlaf. Sie glaubte, sich ein kleines Nickerchen so kurz nach der Abfahrt leisten zu

176

können. Normalerweise werden die Fahrscheine erst nach ein bis zwei Haltepunkten kontrolliert. Heute ist offensichtlich alles ein bisschen anders. Jetzt steht er also vor ihr und möchte ihr „Billett" sehen.

Er ist ein gut aussehender junger Mann, hat vielleicht gerade erst vor kurzem ausgelernt.

Bennie, was machst Du denn hier", strahlt sie ihn an. „ich wusste gar nicht, dass Du als Zugbegleiter arbeitest. Ich dachte, Du wärst Triebwagenführer."

Die Umsitzenden blicken interessiert auf. Der junge Mann wird rot bis unter die Haarwurzeln.

„Was heißt hier Bennie? Ich bin nicht Ihr Bennie."

„Ach, entschuldige Bernhard. Natürlich. Du bist ja im Dienst. Da gehört es sich nicht, Dich beim Kosenamen zu nennen. Wie geht es

Dir?"

„Das tut hier nichts zur Sache. Kann ich jetzt bitte Ihren Fahrausweis sehen?"

„Wie komisch redest Du denn mit deiner Oma? Und was heißt hier Fahrausweis. Hattest Du mir nicht eine Freifahrt versprochen, wenn ich das nächste Mal hier bin?"

Einige Fahrgäste sind jetzt aufgestanden und hören aufmerksam zu.

„Hören Sie mal! Der Spaß ist jetzt zu Ende. Nix mit Oma und nix mit Freifahrtschein. Ihre Fahrkarte bitte."

Er bleibt immer noch höflich. Die Zuschauer grinsen.

„Na, Franzl, ist ne fesche Oma, die Du da hast. Brauchst du Hilfe?"

Er ignoriert die Spötter.

„Haben Sie nun einen Fahrschein oder nicht?", fragt er.

„Natürlich nicht. Wieso sagen die Leute Franzl zu Dir? Gefällt Dir Bernhard nicht mehr?"

„Also, wenn Sie keinen Fahrausweis haben, nehme ich jetzt Ihre Personalien auf. Bitte geben Sie mir Ihren Personalausweis."

„ Ausweis? Nichts kriegst Du. Geht man so mit seiner Oma um? Personalien. Hast Du vergessen, was ich alles für Dich getan habe? Und nun gönnst Du mir die Freifahrt nicht. Du hast sie mir versprochen!"

Der junge Zugbegleiter bekommt jetzt Unterstützung durch einen älteren Bahnbeamten.

„Haben Sie was genommen?"

„Genommen? Ich habe was gegeben. Nämlich genau ..."

Er fasst Oma Ida grob am Arm und sagt

„Ich rufe jetzt die Polizei. Bring sie bis zur Tür. Die sollen dann sehen, was sie mit ihr machen."

„Nein! Bitte keine Polizei! Ich habe einen Fahrschein!"

Jemand ruckelte an ihrer Schulter und rief: „Komm zu Dir, Ida. Du bist in Deinem Garten. Da brauchst Du keinen Fahrschein."

Langsam öffnete Oma Ida die Augen. Es war Oscar, der sie aus dem Albtraum geholt hatte. Neben ihm stand Margarete, die sie verschmitzt ansah.

„Die Schwarzfahreroma hat dir wohl keine Ruhe gelassen, wie?"

Erleichtert und noch etwas benommen setzte sich Oma Ida auf. Mit einem verlegenen Lächeln bekannte sie:

„Ich muss wohl eingeschlafen sein."

„Da kannst Du ja von Glück reden, dass ich gekommen bin. Ich wollte doch mal sehen, was Ihr so treibt."

Oscar pflegte, an den Rommétagen nach dem Essen einen seiner früheren Kollegen zu besuchen. Das Romméspiel lag ihm nicht.Die Sonne war inzwischen schon tief gesunken und würde in wenigen Minuten in den Bodden tauchen. Die vereinzelten weißen Wölkchen waren bereits rosa angehaucht und die letzten Sonnenstrahlen tauchten den Horizont in ein spektakuläres Farbenspiel von Gelb, Orange, Pink und Violett. Der kommende Tag versprach wieder sonnig und warm zu werden. Oscar holte sich einen Liegestuhl und setzte sich zu den drei Frauen.

Vereint blickten sie der untergehenden Sonne nach und genossen die friedliche Stille des Abends.

Als es kühl wurde, drängte Irene zum Aufbruch.

„Lass uns fahren, solange es noch hell ist", bat

sie Margarete, die sie noch bis Rostock in ihrem Auto mitnehmen wollte.

Oma Ida räumte bereits die Auflagen von der Hollywoodschaukel. Oscar stellte die Liegestühle in die Laube und schloss sie zu.

„Es war wieder ein sehr schöner Tag", resümierte Oma Ida auf dem Heimweg, „auch, wenn ich wieder die größte Summe für die Rommékasse gespendet habe."

Sie hakte sich bei Oscar ein und drückte seinen Arm.

„Danke, dass Du gekommen bist, Oscar, und mich vor der Polizei gerettet hast."

Sie sah Oscar etwas verlegen lächelnd von der Seite an.

Dann reckte sie sich und küsste ihn liebevoll auf die Wange.

INHALTSVERZEICHNIS

Bibliografische Information der Deutschen Nationalbibliothek::
Die Deutsche Nationalbibliothek verzeichnet diese Publikation in der
Deutschen Nationalbibliografie; detaillierte bibliografische Angaben
sind im Internet über http/dnb.de abrufbar.

Autorin: 2021 Monika Genzow

Herstellung und Verlag: BoD - Books on Demand, Norderstedt

ISBN 9 783 754 373 163